梦域空间的世界

Magic Dreamland

欢迎来到梦域空间的世界

梦域空间

与塔兰幽浮魅影

葵月○著
索飞澜○绘

SOUL TRANSITION

LET US START DREAMING

云南出版集团　晨光出版社

果麦文化　出品

善待遇见的每一个人，
做好能做的每一件事，
你的人生，何其璀璨。

梦域空间

冒险开启!

梦境

加油!

多城市遭遇极端暴雪!

怪异大雪已致多人昏迷

米兰市
虚构日报

前日，米兰公园新增不明原因昏迷者……

提醒各位市民!极端天气请做好防寒措施，谨慎出行!

临近年末，不少市民纷纷参加各类庆典活动。在多地举办的活动中，出现了不明原因群体性昏迷事件。如今，事件正在进一步调查中……

狩梦人任务评定中

原始人阵营

原石部落 No.1	牙石部落 No.2	滚石部落 No.3	黑石部落 No.4
顽石部落 No.5	巨石部落 No.6	蛮石部落 No.7	姆石部落 No.8

〔戏猴者〕
易天爵

团队"力量担当"

因为体形壮硕、长相硬朗而被称为"明德霸王龙"，其实内心善良，充满正义感，在一次次的事件中和柳嘉等人渐渐成为朋友。

● ● ● ●

入侵现实!

狩梦任务

【任务关键词】

幽影·冬雪

这些未开化的土著们……

外星人阵营

No.1 墨里墨特墨

No.2 蛮石祭司

墨特米西

No.3 碎石汤

No.4 外星学生

No.5 飞行器

〔八爪者〕
柳嘉 团队"主力担当"

身材纤瘦,头脑灵活,虽然因身世不幸、成绩吊车尾,而经常被人排挤,但是性格乐观,在关键的时候总能有出乎意料的表现。

● ● ● ● ● ●

〔雪狼者〕
罗西 团队"智慧担当"

智商180的天才少年,性格桀骜不驯,对任何新奇事物都抱有旺盛的好奇心,因此常惹祸,虽然吓得伙伴惊慌失措,但最后总能完美收场。

● ● ● ● ● ●

〔智火者〕
戚梦蓁 团队"领袖担当"

外貌出众,性格冷傲,有着同龄人罕见的成熟稳重与强大的知识和经验储备,在必要时是值得依靠的伙伴。

● ● ● ● ● ●

世界已危在旦夕!

《梦域空间与塔兰幽浮魅影》目录

狩梦人黄金试炼课堂

阅前须知 !

本书中的故事情节与各类道具，均为作家在梦域空间中的所见所闻，所有剧情、场景与现实世界完全无关。

请勿将故事情节代入现实生活，更勿模仿其中的危险动作！如果你喜欢本书，请不要吝啬将它分享给你的伙伴们。

最后，希望你能从书中获得奇妙的阅读体验！

请不要害怕,
　　我会在你身边
　　　　守护着你。

　　这样,
　　　你就可以
　　　　尽力守护这一切……

不要走得太远，
却忘了自己当初为何而出发……
不要走得太久，
而忘了欣赏沿途的风景。

美好不是过程，
也并非结果。

最美好的，
永远是你的心灵。

——龙巢基地第十一区院长 戚梦来

呼啦啦啦……

呼啦啦

呼啦啦……

飞屋御魂

梦域时间 2172 年后的灰雪祭冻龙日。

薛苔平原下起了鹅毛般的遮天大雪，奥茨监狱的屑星钟楼被呼啸而至的极寒雪鲵吞噬掉了半个塔尖。坐在噬梦客轮回炉上的无毛猫意外暴走，将一尊小丑雕塑挤落。瓷器陡然摔碎的炸裂声，令沉沦永夜、韶光殆尽的洛依回想起自己年幼时，化身混沌学徒造访冰雪游乐场时的情景。

记忆中那一年的冬天，幻象病毒肆虐整个蓝星。

心神不宁的黑凰先生在起居室里来回踱步，时而低语，时而驻足。

窗外天色将晚，他却依然启动了高悬在壁炉上的 SPE-Ⅶ

型"御魂镜"——一面做工极其精美的平行跃迁镜，月矽镜面镶嵌在花纹繁复的黑檀镜框里。

"嘀嘀……"

黑凰先生转动镜框上的莲花旋钮，半人高的镜面开始雾化。几秒钟后，一大片浓厚的灰白色旗云出现在镜子中，它像巨大的帷幕一般被缓缓拉开，显露出阳光下巍峨的麦金利雪山。

"准备好了吗，洛依？"黑凰先生声音低沉地说，"即将启动的空间转移，会将飞屋传送到 6875.91 千米之外，注意——这趟旅行可能不太令人愉悦。"

洛依点点头，闭上双眸。没过多久，起居室剧烈摇晃起来，洛依紧紧抓住沙发的扶手。一幕幕扭曲的景象就像快进的电影画面，突如其来地闯进他的脑海里。

先是浓雾弥漫。

渐渐地，如刀削斧凿般的黑色花岗岩和冰雪交织的悬崖峭壁交替飞速逼近，那依稀是闪烁着万年冰川华彩的巍峨雪山。接着，雾气变得淡薄，一只饥饿的白头鹰伸展开巨大的羽翼，在苍蓝天空与银辉闪耀的雪山间嘶鸣、盘旋。

突然，洛依耳畔传来一声巨大的闷响。

雪岭上几只受惊的雪兔瞬时四散逃逸，山顶沉寂百年的积雪仿佛汹涌河流般滚动，滔天冰雪幻化成白色巨浪，朝洛依迎面冲来，然后在他面前迸裂，分割成两半，山呼海啸般轰鸣着，继续朝山下涌去。

洛依紧紧地抱住头，害怕得尖叫起来。

就在此时，脑海中歇斯底里的声响戛然而止，他缓缓地睁开眼睛，发现天花板竟破了一个大洞，稀薄的阳光透过洞口照射进起居室，刺骨的寒风呜呜作响。

洛依记得黑凰先生当时的脸色，比掉落在地毯上的那一堆雪块和冰碴还要冰冷苍白。那天下午，他们费了九牛二虎之力才从天花板上的洞口爬出，站在漫天雪粒的寒风中，瑟瑟发抖地环顾着雪峰四周白茫茫的山崖。而在他们脚下，作为传送点的一座爱斯基摩冰屋，早已经被皑皑大雪淹没。

"一场盛大的雪崩，妙极了。"黑凰先生喃喃自语。

"爷爷，奈斯先生报错了坐标，对吗?"瘦小的洛依哆嗦着拉紧了黑色绒衣。

"丑陋的恶作剧。"黑凰先生从口袋里掏出一个球状的指北针，带着洛依向山上艰难地攀爬。当他们到达山顶时，天色已经暗沉。

山顶上有一个巨大的冰罩，它就像一个晶莹剔透的餐盘盖，将大片高大的雪松林遮盖其中，在月光下闪烁着幽光。

"看样子我们到了。"黑凰先生艰辛地说。此时他的貂皮大衣已经被雪水浸成了一块黑漆漆的癞皮，睫毛和银色长发也挂上了雪白的冰晶。他冷着脸，呵着白气，心情糟透了。

"看起来，不怎么样。"洛依跟在黑凰先生身后，悄声抱怨。

"很高兴你不欣赏他的品位。"黑凰先生深吸一口气，牵着洛依朝冰罩内走去。穿过一层软绵绵的啫喱状原液后，洛依好奇地抬头看，冰罩内竟另有一片天地。

这里的天空已近漆黑，一弯暗红月牙潜伏在被白雪覆盖的茂密雪松丛林间若隐若现。沿着夹杂在两排云松之间的蜿蜒小

路，他们缓步走上一道斜坡，转过弯去，视野豁然开朗。

在徐缓的斜坡之上，一个足球场大小的游乐场被环抱在茂密松林中。涂绘着荧光路标的雪地上，数十顶迷彩帐篷高低错落，上面缠绕着五颜六色的彩灯。半空中的投影光幕里，不时绽放出一朵朵形状怪异的焰火。

游乐场里空无一人，却四处响起诡异的欢快笑声。一群身体笨重的大肚子雪怪，懒洋洋地趴在各处游乐项目前，滴溜溜地转着眼珠，打量着两个陌生来客。

"这些都是冰块做的?!"洛依看着四周简陋的游乐设施，它们全都稀奇古怪、通体透明，并且被标记上了各种鲜艳奇诡的符号。

看似传统却搭建得离经叛道的旋转木马、海盗飞船以及被炮管发射出去后可以绕游乐场天空飞翔一周的"炸弹飞人"（大肚子雪怪模拟示范）、用木槌敲打的钻地雪兔、散发着土腥味的原始角斗帐篷。

洛依正在默数时，一个拖着纪念品小推车的雪人销售员不小心绊倒在他面前，头摔成了冰碴儿，胳膊还在不停地向他兜售一尊会唱歌的猩红大嘴小丑瓷像。

"这就是传说中的非买不可小丑'碰碰瓷'吗?"

"大概如此。"黑凰先生面无表情地拍了拍沾上雪碴的裘衣，"和重建前一样，毫无特色和想象力可言。"

"砰！"又一声巨响将黑凰先生和洛依吓了一跳。就在游乐场正中央，一大团红白相间的雪雾连续爆炸。

雪雾翻滚着越变越大，越升越高，最终凝聚成一具三米多高的小丑半身像。它一脸雪白，眼眶被涂抹上红菱方块，红色爆炸鬈发上的小丑帽挂满了奇怪的坠饰。月牙状的大咧嘴里正吐出猩红的舌头，冲两位新访客奸诈地诡笑。

"嘻！欢迎、来到、奈斯、冰雪游乐场！"小丑半身像的声音就像快要报废的发动机，"有……贼老鼠在偷说……我的坏话吗？你们……有谁听到……"

游乐场里的雪怪们一齐指着黑凰先生和洛依发出了嘘声。

"哼！装神弄鬼。"黑凰先生不悦地冷哼，"出来吧，奈斯，我赶时间。"

"如您……所愿！"小丑半身像如同被戳爆的气球，"嘭"地一声消失了。烟雾散去，在广场中央，一个和刚才的半身像长得一模一样，但身形瘦小并且佝偻着背的小丑，踩着八字步吊儿郎当地走了过来。

"哟，看看，这是谁来了？月蚀——黑凰先生！一位了不起的童话作家，虽然他创作的噬魂书只构筑成功了不到十个梦。"

"嘻嘻，啊哈哈哈！"雪怪们全都哄堂大笑起来。

"奈斯，谢谢你的'欢迎仪式'。"黑凰先生扬着下巴，冷嘲热讽地说。

"嘻嘻、哈哈！甭客气！一场雪崩而已！"小丑奈斯大声怪笑起来，笑声像指甲划过玻璃般刺耳。

"奈斯，我来找你是为了将《梦魇灾厄记事簿》移交给你。"黑凰先生将一只发抖的手搭在洛依肩膀上，冷漠地说道，"轮到你了，去监控所有梦魇灾难和梦魇噬魂珠的存续状况。"

"我来！我看看。"奈斯一把扯过黑凰先生手里厚厚的记事

簿，胡乱地翻来覆去。洛依发现，他把记事簿拿反了。

"哟，老长毛，上个月你干得挺'不赖'嘛！"奈斯笑眯眯地说，"居然被龙巢那个老家伙训练的新丁净化了两个梦魇灾难。嗯？连幽冥姬送给你的画也被弄坏了！"

黑凰先生面色铁青，继续摆出一副意味不明的高傲表情。

"两次小小的失误而已。奈斯，那几个新丁十分特别，几年前制造的那些过气 E 级梦魇灾难，大概很难困住他们了。"

"难为你了，毕竟你不是我这样的创作天才！"奈斯直起身，踮着脚尖同情地拍了拍黑凰先生的肩膀，"我明白，人一老，就容易犯糊涂！写的童话梦域碎片呢，也都老掉牙，没有人会沉迷的！我看，你还是退休吧！刚好，我这里缺一个扫地的。"

"难道说，这次执勤，你准备了新作品？"黑凰先生厌恶地拨开奈斯的手，不动声色地问，"可得是更先进的 E 级梦域碎片

才行。"

"哼！那是当然！"奈斯得意地叉着腰，鼻孔朝天双手一挥，指向身后的游乐项目，"瞧一瞧、看一看！灰烬小矮人！飓风噬灵者！大西洋空难！幽浮试炼室！史前洞穴人！金羊毛迷宫！这些都是本天才的最新杰作！"

"依我看来，这些不过是速冻冰块做成的打地鼠、箭靶射击、过山车、旋转飞椅、点唱机以及鬼屋罢了。"黑凰先生不屑地冷哼。

"嘻，这你就不懂了，老长毛。"奈斯得意地摇头晃脑，"好吧，今天就让你见识一下本天才的创意。小的们，干活啦！"

几个大肚子雪怪应声跑开，在奈斯的指挥下拨弄着幽浮造型的"旋转飞椅"和绿皮巨人造型的"点唱机"。冰块机器呜呜低鸣，缓缓转动了起来，最后竟然奇迹般溶解组合到一起。

雪人们发出激动的低吼声。

"哦？双E级梦域碎片，的确不错。"黑凰先生满意地笑着说。

"这年头，没有想象力，可做不了大坏蛋！"奈斯向下拉扯着眼角扮了个鬼脸。

"那么，奈斯，不如我们打个赌。"黑凰先生冷冷地微笑着说，"你的双E级梦域碎片，如果能困住龙巢那几个新丁，我就输给你一颗翡翠级噬魂珠。反之，无须任何赔付，你只要去我的飞屋里喝杯茶就行。"

洛依担忧地抬头看了黑凰先生一眼，却隐约察觉到他苍白的脸上露出一个饶有深意的冷笑。

"老长毛，你输定了。"奈斯奸邪地大笑，"不瞒你说，龙巢

那个老家伙训练的狩梦人，上次几乎将我的冰雪游乐场夷为平地。这一次，我要让他陷入彻底的绝望！"

一道如丝绸般飘逸的三色极光从天而降，静静地飘浮在冰雪游乐场上空。

漫天飞扬的暴雪中，回响着奈斯癫狂的大笑和雪怪们阴沉的低吼。

"快来吧，孩子们，成为奈斯的玩具，我会好好爱你们哟！祝你们在冰雪游乐场，玩到'冻心'！"

序幕 结束

第一幕

人造人墨特墨

　　乌鸦啼叫之时，易天爵正走在雾凇散漫的冻风之中。

　　他的脚下是一片腐败黑化的花海，扎根的泥土如火焰一般鲜红。

　　易天爵已经记不清他困在这处梦魇里多久了，也遗忘了究竟因何而来。

　　这里的天穹永远都是一片苍灰，没有日升也没有月落。狂风使他迷眼，霜冻令他无言。他每一次吐息，就品尝到一口冰屑。他每向前迈出一步，便会陷入更深的泥泞。他环顾这片严寒冷酷的炼狱，始终一无所获。他支离破碎的呐喊声，是这方圆数里之内唯一的声音。

易天爵感觉自己快要疯了，意识逐渐迷失。

唯一的心理安慰，是那只仍在他头顶上振翅的信蜂。

这只蜂一直跟随在他左右，并且不停地在他耳边发出细小的嘤嗡声，顶着寒风跳着曼妙的舞步前进。

在信蜂的引领下，不知道走了多远，易天爵走到了这片死寂世界的边境，依稀看见了一个巨大的洞穴！

铁石交错的洞口盘踞在一座山峰的山脚下，洞穴深处弥漫着一股股蓝色蒸汽，易天爵似乎感受到了洞穴中那些机器传来的热量。

他的眼睛重新有了光，用力抖落身上的冰雪往前走去。他视狂风若无物，风暴卷着冰雪击打在他的脸庞上，他也毫不在乎。易天爵穿过洞口，沿着狭长的通道向下走。周围的洞壁上覆盖着蛛网一般盘根错节的树根，上面裹着一层发亮的油脂。而在通道的尽头，是一个宽阔的岩石洞穴，洞壁隐藏在沉沉的黑暗中。

这里蒸汽四溢，空气混杂着药剂和机油的味道。

洞穴的中央，一名少年正背对着他，站在一台巨型机器前的观测台上。在少年周围，幽蓝色的蒸汽缭绕弥漫，朦胧中，他就像是一个来自异界的幽影。

竖立在少年面前的机器，是一个圆柱形的培养皿。

玻璃箱中灌满了宝蓝色的化学液体，一个怪物正在溶液中浮沉挣扎，在无法抵御的痛苦中抽搐翻滚。怪物的身体中镶嵌着齿轮、管道和钢铁。

恍惚间，易天爵似乎能感受到他的痛苦、后悔与悲伤。

一个声音在易天爵的耳边若有若无地回响。

"天地不仁……以万物为刍狗，墨里……墨特墨……"

易天爵的眼底泛起了点点泪光。

这时，观测台上的少年缓缓地转过了身，蓝色蒸汽如同面纱一般，遮掩着他的面容。

易天爵依然能隐约地看见，神秘男孩与他年纪相仿，面容如雪一般苍白。他头戴着一顶荆棘王冠，浓密的黑发微卷，身穿一件齐脚踝的黑色贴身长袍。

男孩朝易天爵缓缓招手，眼睛在黑暗中发出凌厉的光。

易天爵竭力抵抗着男孩眼中那股控制他身体的力量，但最终还是一步步走上了观测台，伫立在距离男孩不远的地方。

"你是谁？这里是什么地方？"易天爵咬牙切齿地问。

"我是你的唤醒者，这里是你的力量之源。"男孩的语调冷漠而神圣。

"那他呢？"易天爵望着怪物阴沉地说。

"物竞天择。"男孩轻蔑地回答，"想获得力量，总要付出一点代价。"

易天爵发现怪物在巨大的器皿里激烈翻滚。他被电流缠绕，身体一次次被电成重伤，但很快又恢复原状，发出痛苦的哀号声。

易天爵被眼前的这一幕景象震慑住了，汗毛直竖。

神秘男孩上下打量易天爵的身体，嘴角露出一个邪魅的笑："想要吗？让你不再怯懦，可以开天辟地的力量。"

易天爵惊愕地盯着男孩，颤动的目光中流露出一丝渴望。

这时，黑暗的洞穴中闪烁起一团团幽幽的蓝光，一个又一个的圆柱形玻璃器皿接连出现在观测台周围。每一个器皿中都浸泡着一具古生物实验体。

实验体的身体里嵌满了齿轮、线路管道和钢筋铁骨，溶液在冰冷的金属之中汩汩流淌。

"齿轮与钢筋铁骨镶嵌，生命是最佳的润滑剂，承受一点点痛苦，改变就在眼前。"男孩的双眼微眯，诡异而友善地笑着。

"我可没兴趣当你的玩具。"易天爵咬紧牙齿，声音在微微颤抖。

"是吗？可我已经选择了你。"男孩轻声冷笑，眼角闪着幽光。

这时，头顶传来了嗡嗡声。

易天爵抬起头——是那只信蜂，仍在他的头顶飞舞。

紧接着，易天爵看见令他害怕的一幕。

洞穴四周黑压压的一片，并不是因为光线暗淡，而是因为趴满了密密麻麻的虫卵，全都是即将破壳而出的黑色噬血狂蜂！

易天爵头皮发麻，双脚缓缓朝洞口退去。

然而蜂群已经封锁了洞口，正在杂乱地狂舞着。嗡嗡振翅声震耳欲聋，仿佛灭世的洪水在他耳边肆虐，撕扯着他疲惫的神经。

逃！

易天爵的脑海里只剩下这一个字。

他眼角的余光瞥到一个装满蓝色化学液体的烧瓶，正摆放在观测台上的一个金属盒子里。易天爵毫不犹豫地抓起烧瓶，狠狠地朝洞口处的蜂群扔了过去。

就在烧瓶破碎，化学液体泼洒出来的一瞬间，蜂群被溶出一个大洞。易天爵狂吼着冲了过去，逃出了山底的洞穴，回到了起初的那片冰天雪地中。

易天爵飞奔到洞口的岩石后躲藏起来。

震耳欲聋的嗡嗡振翅声久未停歇，恍惚间，蜂群倏地冲出了洞穴。

四周的光线愈发暗淡了。当易天爵悄悄抬起头，他蓦然看见疯狂的蜂群正在风雪中狂舞，四处搜寻他的踪迹。

无尽的阴影笼罩了腐败发黑的花田，遮挡住灰白暗淡的天空。

或许，它们待会儿就飞走了，易天爵心怀侥幸地想。

这时，他的耳蜗深处突然响起一声轻笑，是那个男孩的笑声！

紧接着，他的头顶上方响起了一阵巨大的嗡嗡声。

易天爵浑身颤抖，未知的恐惧感如潮水般涌来。他抬头望去，仍是那只信蜂，在他头顶上方狂舞，似在提醒着什么。忽然，信蜂振动翅膀，猛地朝他俯冲过来。霎时间，被撕裂般的剧痛如电流传遍全身！

易天爵大声叫喊！他猛地睁开双眼，顿时清醒了过来，模糊的视线渐渐清晰。

缓过神来的易天爵，发现自己站在街边的一条窄小巷弄里。

他蹲在墙角已经好一会儿了。

不久前，他从巷口经过时，看见一只发狂的花斑母猫，正朝着它刚出生不久的几个孩子龇牙咧嘴，想要攻击它们。那几只小奶猫泪眼蒙眬，害怕得瑟瑟发抖，发出细微而虚弱的叫唤声。

易天爵走进巷子，赶开发狂的母猫，将那几只小奶猫护在身后。就在那只发疯的母猫高高跳起，朝他扑咬过来的一刹那，围墙上突然传来一阵乌鸦的啼叫声。紧接着，他便进入了刚才那个可怕的梦魇里。

回想起梦魇中的情景，易天爵的身体止不住地颤抖。

这时，他听见了墙角边小奶猫们的呜咽声。

那只发狂的母猫并没有离去，它浑身的杂毛炸开，细密的尖牙缝隙流淌出湿答答的口水，圆瞪的眼球向外凸出，杀气腾腾地盯着易天爵以及小奶猫们。

"连自己的孩子都认不出来吗？"易天爵眉头紧皱地盯着母猫，脑海中突然闪过姑妈那张扭曲的脸孔，"不，它感染了幻象

病毒。"

易天爵紧张地咽了一口唾沫。

见习狩梦人的日常课程中，博古医生大致讲授过面临幻象病毒时，恰当的清除机制。但眼下，他没有做好任何准备，只能眼睁睁地看着感染了幻象病毒的小动物，在无意识的疯狂中撕咬，最后奄奄一息。

一定要想办法救活它们一家。

易天爵愤怒地捏紧拳头，指甲陷入了皮肉里。

他脱下外套，紧盯着那只母猫。就在母猫厉声尖叫着，挥舞利爪攻击过来的一瞬间，易天爵举着外套扑了过去，他用厚实的外套紧紧地包裹住母猫，又从垃圾堆中找来一个大纸箱，将它暂且困住。

"别害怕。"易天爵回到墙角，用手指轻轻抚摸小奶猫们的头，"猫妈妈生病了。我认识一位医生，他应该可以……"易天爵摁下了乾坤手环的通话键，紧急联络博古医生，但好几次连续拨打后，依然无人接听。

被外套困住的母猫，在纸箱里疯狂咆哮着。

易天爵烦躁地皱紧了眉头，看来只能联系其他的小伙伴了。于是，他再次摁下通话键。

另一边，柳嘉的乾坤手环微微振动起来。

柳嘉抬手接听，发现是易天爵的来电。紧接着，手环里传出炸雷般的噪音。

"喂，大话精，我在碧柳路，发现了一只感染了幻象病毒的

母猫，你最好过来一趟。"易天爵顿了顿，很不情愿地说，"叫上戚梦萦，她知道怎么把猫身上的病毒清除。"

"可是我现在……"柳嘉欲哭无泪地朝身下看了一眼。

别说清除猫咪身上的幻象病毒，他现在连自身都难保了。

此时此刻，柳嘉正攀爬在一棵仿真大树上，身体摇摇欲坠。

在他旁边，矗立着一只长毛巨象标本，那条父亲送给他的帆船项链，正在巨象的头顶上幽幽闪光……都怪他的表弟崔牛牛和蒙飞飞！

时间闪回到半个月前。

从梦域碎片跃迁归来后，柳嘉不再是"雾莲街市"人人称道的超能小英雄。明德学校开始了备战期末考试的复习周，学生们的压力陡然增多了不说，零花钱也至少萎缩了一半。当第一次预考成绩公布时，柳嘉和易天爵又一次成了全班同学的焦点，他们终于成功跌破了过去成绩的底线，非常遗憾地拿到了D！

更糟糕的是，他和易天爵竟然还收到了"龙巢基地伦理委员会"通过乾坤手环发来的警告信。

亲爱的柳嘉同学：

鉴于你在本学期的测验成绩欠佳，根据未成年人监护法规第168条，经委员会与永眠墓地相关负责人商榷，暂停你的狩梦人训练活动两周。

提醒您，在日常生活中，请务必严格遵守学生行为守则，

以及预备役狩梦人的约定法规。

顺祝生活愉快。

龙巢基地伦理委员会

作为预考成绩全部 A+ 的获得者，戚梦萦恨铁不成钢地冷冷怼了柳嘉和易天爵整整三天。第四天，她抱来一大沓习题集放在柳嘉和易天爵的课桌上，责令他们按时按量地全部做完。

从那天起，柳嘉、易天爵彻底沦为"进击的作业者"，努力完成着对他们来说难度较大的作业。更令他们痛心的是，同样上学不认真的罗西，在早川学校的预考成绩，竟然和戚梦萦一样，全部都是 A+！

好不容易熬到了十二月。

这天是周日，因为崇阳学校安排的课外实践内容《与原始人为邻的日子》，再加上为了要安慰预考中"习惯性失利"的崔牛牛，以及难得来花木苑小区过周末的表弟蒙飞飞，望子成龙的舅舅和舅妈决定带他们去米兰市自然博物馆参观。

喜获"赠票"的幸运儿柳嘉，也顺理成章跟了过去。

蒙飞飞是梁凤霞舅妈的妹妹的孩子，生日比崔牛牛晚七天，在绿地学校念三年级。

他的头很大，微卷的短发下，好奇的五官总是满怀希冀地夸大着，像是一个会行走的惊叹号。他和崔牛牛，以及另外一位年纪相仿的堂兄，成立了一个"恶作剧兄弟"帮派，取名为"飞牛 Boys"（飞牛男孩）。柳嘉却偷偷叫他们"肥牛煲"。

半小时后，汽车抵达了米兰市自然博物馆。

这是幢巨大的白色球形建筑，碧蓝色的外墙玻璃隔层漫不经心地反射着灿烂的阳光。

馆内游客川流不息，大多是父母带着孩子来游览参观。

舅舅崔启明在进馆前接到了一个紧急电话，急忙赶去公司开会了。于是舅妈一进展厅，为了安抚崔牛牛在节假日"痛失父爱"的坏心情，不得不去食品店里排长队买冰激凌。

柳嘉有点喜欢这里，他记得小时候爸妈曾带他来过，可惜，身边两个讨厌鬼的叽喳声打断了他的回忆。

在崔牛牛嘻嘻哈哈的引领下，他们来到了一号展厅。展厅内疏密有致地陈列着琳琅满目的史前生物仿真模型。河流般蜿蜒曲折的人行道两侧，被布局成了一片片壮丽而逼真的原始丛林和草原生态景象。

游客们兴高采烈地在两米多高的猛犸象、长着骇人獠牙的剑齿虎和比加长巴士还要长的鳞甲巨蟒等史前生物旁边拍照留念，嘹亮的鸟鸣和潺潺流水声更是让人身临其境。

所有人看起来都很开心，只有柳嘉郁闷地混在人群中拎着两个硕大的背包，气喘吁吁地到处寻觅着。

终于，在展厅休息区，汗流浃背的他找到了正在椰子树下吸着果汁、蹭着免费网络，一边看动画片《超能小英雄》，一边悠哉乘凉的"肥牛煲"兄弟。

"嘿，你不是上厕所去了吗?!"柳嘉生气地质问。

"废话。"崔牛牛活像一个小海盗头目，他苦憋着脸，坐在长凳上，双眼圆瞪着舅妈新买的手机屏幕，"飞飞，飞飞！不好！敌人剑豪正在赶去抓小英雄的路上！完、蛋、了！"

"牛牛哥，别担心，这些敌人再强也没用。"蒙飞飞挤眉弄眼地说，"小英雄有主角光环，再浪也不用怕！"

"呵呵，那倒也是！"崔牛牛得意地说。

柳嘉恨不得立马将背包砸到"肥牛煲"头上，可他脑海里响起了戚梦萦的声音，像是听到紧箍咒般，硬生生地把越烧越旺的怒火掐灭了。

"第199条，记住警告信里的话，与监护家庭和睦相处，不要惹事，若造成严重后果会被解除预备级狩梦人资格。"

等了一段时间后，"肥牛煲"终于看完了动画片。

看到柳嘉在旁边一脸鄙视的表情，崔牛牛不满地嘟起嘴，忽然他眼角的余光锁定在柳嘉胸前："那是什么？"

"等等！"柳嘉拎着包，还没来得及反应，从毛衣里露出的帆船项链就被崔牛牛一把拽了过去。

蒙飞飞好奇地凑上前："牛牛哥，这串项链不错，比较配你霸道不羁的气质！"

"有眼光。"崔牛牛得意地哼了一声，"你最好，马上把项链还给我！"

柳嘉快要压抑不住自己的怒火了。帆船项链可是执行狩梦人任务时的珍贵道具，也是去梦域碎片里救出爸爸的重要线索，绝不能沦为崔牛牛的玩具！

"哦？你想要回去？"崔牛牛见柳嘉慌了神，愈发得意了，他把拿着项链的手举得高高的，"看，三分射球！"

柳嘉愤怒地大叫一声，把背包扔在地上，转身朝蒙飞飞扑过去。蒙飞飞万万没想到，柳嘉反应如此灵敏，慌乱中一抬手，帆

船项链在空中画过一道弧线，飞入了邻近的展示区里，挂在了一头足足有两米多高的史前长毛巨象标本的鼻子上！

"跟我斗！"崔牛牛得意地从鼻孔里喷出两团浊气，冲蒙飞飞扬了扬下巴，"走，我们去别的地方玩。"

"谁叫你不听牛牛哥的话，活该！"蒙飞飞冲柳嘉扮了个鬼脸，也完全不管地上的两个背包，径直朝崔牛牛追赶了过去。

柳嘉感觉胸口里沉睡的火山在蠢蠢欲动。他深吸几口气，拼命压抑着怒火。没时间和蠢蛋们计较了，得赶紧取回项链。

在收到警告信后，人工智能幻影 -27 就被锁屏了。柳嘉没有找到巡视的管理员，也没有手机，无法求助任何人。

他只能偷偷越过护栏溜进旋转展区，在粗壮树木和岩石块

的掩护下，猫着腰溜到了巨象背后，想看看有什么办法在不碰到标本的情况下取到项链。

他四下观察了一番，发现只有爬上旋转展区中央的仿真大树，才能在长毛巨象的鼻子转向大树时顺势拿走挂在上面的项链。

柳嘉心一横，小心地避开巨象标本，踩着树墩就向上攀爬。

"易天爵，你等等，等我处理完手头的一点小麻烦，就马上来碧柳路找你！"柳嘉冒着被易天爵爆骂的风险，强行关闭了乾坤手环的通信功能。

他现在得先集中精神，把帆船项链捡回来才行。

然而，正当他心急如焚地伸手去抓项链时，展览馆里却响起了两个熟悉的声音，崔牛牛和蒙飞飞突然大声叫喊起来。

"管理员叔叔！有人在爬大象标本！"

"抓住他！破坏公物，可耻！"

刺耳的口哨声由远及近，柳嘉沮丧地看见两个穿着制服的管理员飞快朝他跑了过来，崔牛牛和蒙飞飞一边朝他做鬼脸，一边往人群里溜走了。

柳嘉恨得牙痒痒。不过让他意外的是，当管理员们穿过围观人群走来时，一位女生突然拦住了他们。

那位女生穿着一件宝蓝色羊绒外套，齐腰长发仿佛顺流的黑瀑，犹如白雪般冷傲的脸庞上，双眼如晨星般明亮……竟然是戚梦萦！

戚梦萦对管理员说了些什么，管理员们连连点头后转身离开了。

柳嘉长长舒了一口气。这时，他发现戚梦萦朝他投来冷冷的目光，与此同时，手腕上的乾坤手环再次振动了起来，显现出一条戚梦萦的留言："立刻下来。在七号展厅门口会面。"

柳嘉赶紧拾取帆船项链，跳下大树，爬出护栏。

他拎起背包一溜烟地穿过形形色色的观展游客，走过好几扇大门后，终于来到了位于僻静处的七号展厅。

这里的游客少了许多。柳嘉在一组原始人雕塑群像前左右张望。不一会儿，戚梦萦出现在展厅门口，一路朝他走来，就像一座即将撞沉他的冰山。

"八爪者。"戚梦萦压低声音严肃地说，"你刚才的行为，如果传到伦委会，对你的警告将会升级。"

"我想不出别的办法。"柳嘉羞愧地低下头，他摊开掌心里的帆船项链，"项链被两个熊孩子扔到了巨象身上……我没有触碰到标本……"

"你的手受伤了？"戚梦萦的语气缓和下来。

柳嘉愣了愣，这才发现手心上竟然有一道细长的血痕。

"刚才急着取回项链，可能碰到了钉子。"

戚梦萦叹了口气，从口袋里找出一块创可贴，细心地裹在柳嘉的手指上。

"废物嘉，找你半天，原来躲到这里来了！"

"废物，啊不！表哥！她、她是谁?!"

突如其来的大喊大叫，令柳嘉和戚梦萦转过头去，视线里是一脸震撼的蒙飞飞。而崔牛牛就像被冰冻射线命中一般，浑身哆嗦，不可置信地望着戚梦萦，嘴巴张得大大的，却发不出一个音阶。

"这！你！我！他！"蒙飞飞的五官像要快升空的火箭。

戚梦萦淡淡瞟了"肥牛煲"兄弟一眼，又朝柳嘉投去一个询问的眼神："你说的熊孩子就是他们？"

柳嘉耸着肩膀点点头。

戚梦萦神情严肃地看向崔牛牛和蒙飞飞："两位同学，帆船项链是柳嘉重要的私人物品，希望你们能尊重他人，不要肆意抢夺，更不要乱扔东西。"

"小、小姐姐，我、我听你的！"崔牛牛突然回过神来，心急如焚地大叫，"我是柳嘉表哥的表弟！就读于崇阳学校的崔牛牛！我特别团结友爱！老师夸我是助人为乐的好学生！"

"柳嘉表哥，背包好重！请让我也背一个吧！"蒙飞飞跟着谄媚大喊。

柳嘉鄙夷地看着崔牛牛和蒙飞飞，很佩服他们即使没有中幻象病毒，也能说出如此不着调的话。这时，他突然想起易天爵的电话，于是将戚梦萦拉到一旁，轻声告诉她事情原委。

崔牛牛和蒙飞飞目睹柳嘉和戚梦萦如此亲近，心里酸溜溜的。

"可是，巡讲时间快到了。"戚梦萦叹了口气，"今天我要为明德学校低年级的学弟学妹们讲解史前文明。"她点了点挂在胸前的名牌，柳嘉这才发现，她竟是自然博物馆的学院特邀讲解员！

"我把这个给你。"戚梦萦从口袋里掏出一小瓶黄色喷雾剂，悄悄塞在柳嘉手中，"这是博古医生研制的特效喷雾，可以治疗绝大多数感染幻象病毒的初期患者，希望对那只猫咪有帮助。"

柳嘉点点头，将药瓶收了下来。

"还有。"戚梦萦的语气突然变得有些冰冷，"如果对那只母猫使用喷雾后，并没有任何效果，你知道该怎么做吗？"

柳嘉吃惊地抬起头，发现戚梦萦清澈的双眸中竟掠过了一丝寒意。他回想起在雾莲街那个梦域碎片中，戚梦萦浑身冒着紫色火光的模样，有些惊愕地吞咽了一口唾沫。

"我……会妥善处理的。"柳嘉小声地回答。

戚梦萦的嘴角露出一丝淡淡的微笑，与上一秒钟的她判若两人。

"那么，拜托了。"她说完，轻盈地转身朝一号展厅走去，长发轻舞飞扬。

"小姐姐！我也要听你的讲解！老师要我们和原始人做邻

居！"崔牛牛大声叫喊着，和蒙飞飞一起朝戚梦萦追了过去。

"欢迎，不过你们要保持安静。"戚梦萦轻声说。

柳嘉握紧手中的药瓶，看着戚梦萦远去的背影。他突然想起那天在夕阳下，如梦幻般美丽纯真的戚梦萦，以及在雾莲街挡在弗拉斯面前的紫发少女……柳嘉的心里有一丝丝的忧虑。

戚梦萦似乎有所改变……还是说，她本来就是如此呢？

第一幕 结束

过来……

势或空间

与塔兰
幽浮魅影

第二幕

猫的命名术

柳嘉带着戚梦萦给他的药剂，急匆匆地赶往碧柳路，生怕晚到一点，就赶不上治疗那只猫咪。好在碧柳路离自然博物馆并不太远，他搭乘公交车很快就到达了那里。正当他快要走到碧柳路的路口时，突然听见身后有人说出了一个熟悉的名字。

"那么多人，即便是易天爵大哥，应该也不行吧？"

"那些家伙人高马大，看起来就不好惹！我们去了也是当炮灰。"

"那还是算了，我上次的检讨都还没写完呢。"

柳嘉慢慢停下脚步，而贾子龙与他的同伴们一一从柳嘉身边走过，没人回头看他一眼。

"等等，你们刚才说，易天爵遇上什么事了？"柳嘉大声叫住了贾子龙一伙。

"大话精？"贾子龙几人转过身，讪笑着，一起走到了柳嘉面前，"易天爵为了一只流浪猫，和几个人发生争执。哟，可别告诉我，你想去救易天爵。"

"我当然要去。"柳嘉认真地说，"我和他早有约定，朋友有难互相帮助。"

贾子龙摇晃着爆炸头，和其他几个男生沉默地交换了一下眼神，突然爆发出一阵尴尬的大笑。

"行了，大话精，今天成全你，给你一次兑现大话的机会。"贾子龙讥笑着指向街对角，"易天爵就在碧柳路的深井巷子里。如果你能保他平安，我贾子龙佩服你！"

"我才不需要你的佩服。"柳嘉低声说着，撞开贾子龙和旁边的几个男生，快步从他们中间穿过去。即便不回头，柳嘉也能感觉到身后那些讶异的目光。

在他心中，早已把易天爵当成了好兄弟，而且清除那只猫咪的幻象病毒刻不容缓。再说了，即使是凶险的梦域碎片他也都闯过去了，这几个人算什么？一会儿如果发现情况不妙，发动朦胧术拉着易天爵逃跑就好！

柳嘉幻想着那些曾嘲笑、欺负过他的同学，在自己面前瑟瑟发抖、毕恭毕敬的样子，忍不住昂首挺胸、大摇大摆地快步前进，仿佛他已经是明德学校的大人物了！

碧柳路并不长，而且没什么行人。

柳嘉很快就找到了易天爵所在的那条小巷，一个堆满了垃圾的狭窄胡同。

正如贾子龙一伙所说，易天爵此时被四个身强力壮的高个子男生围堵在墙角边。另有一个头发梳得油光发亮的矮个子男生站在他们背后，一脸嚣张的笑容，让人觉得心里很不舒服。

"明德霸王龙，就你这熊样？"油头男生一边大笑着，一边傲慢地俯视蹲在地上的易天爵。易天爵捂着肚子，像愤怒的哈士奇一般龇牙咧嘴。四人不怀好意地捏着拳头步步逼近，情况相当不妙。

"住手！"柳嘉突然一声怒吼，巷子里所有人都闻声看了过来。

易天爵更是一脸诧异："大话精！你怎么才来？"

"呃……路上堵车了。"

柳嘉硬顶着四个高个子男生质疑的眼神，心里直发虚。

"哈？易天爵是什么人，你也想保护他？"油头男生扬起下巴，打量了一下柳嘉，脸上突然露出一个坏笑，"啊！我想起来了，你就是明德的那个大话精！哈哈哈，不用担心，这小子除了吹牛，派不上任何用场！"

四个男生明显放松警惕，面露不屑。

"喊，一个小虾米，还不够我看的。"其中一个男生鄙视地看着柳嘉说。

"哦？你真的这样想吗？"柳嘉被激怒了，他挺直了腰板，高傲地扬起眉毛，"现在的我，可和以前不一样了！"

"是吗？那倒要好好见识一下。"油头男生不以为然地冷笑。

柳嘉深吸一口气，轮到狩梦英雄八爪者，惊艳登场了！

"朦胧术！"他大叫一声，低头朝易天爵冲了过去，一把抓住易天爵的背，用力憋住气。然而，几秒钟过去后，什么事情都没有发生。

"朦胧术！朦胧……"柳嘉看着清晰的周围，茫然地喃喃自语，"奇怪，黑雾呢？"巷子里所有的人都一脸不解地看着柳嘉，然后爆发出一阵大笑。

"朦胧术？明德大话精！果然名不虚传，你的'不一样'，指的是这个'新大话'吗？"油头男生笑得捂住了肚子，其他几个男生也都笑得前俯后仰。

"喂，大话精。"易天爵满头冷汗地瞪着柳嘉，悄声说，"我刚才试过了，那些能力大概只能在梦域碎片里用。"

柳嘉被自己的鲁莽震得倒吸了一口凉气。他用力摇了摇晕乎乎的头，猛然想到他还有一个救星——乾坤手环！

然而幻影-27没有任何反应。

"哈哈哈！"油头男生和他的四个打手笑得更厉害了，"我看你除了'大话精'这个外号，还可以再多加一个'笑话精'！"

"现、现在我们该怎么办？"柳嘉和易天爵一起靠墙蹲在地上，完全手足无措了，周围的大笑声让他的脑袋嗡嗡直响。

"混蛋。要不是……"易天爵英雄气短地捂着肚子，气急败坏地龇出两颗尖利的虎牙。

"你的意思是……"柳嘉哭丧着脸，绝望地总结，"我们死定了，是吗？"

丁零零……

一阵清脆的自行车铃声，突然在巷子口响起。柳嘉转过头，发现足球社的马老师正骑着脚踏车从旁边经过。

"你们这群家伙！周末在这里欺负我们学校的学生，是想我现在就报警吗？"马老师发现了巷子里的小混混们，黝黑的脸皱成了一张雷公面具。

高个男生们吓得互看一眼，扔下油头男生便四下逃散，马老师恼怒地大叫着，骑车朝他们追了过去。

"喂，你们等等我！"油头男生大喊，可惜只看到一群光速般消失的背影。他愤懑地朝男生们逃跑的方向啐了一口，捡起地上的书包，傲慢地瞪着柳嘉和易天爵。清晨阳光下，他就像从天而降的复仇天使，头发闪着栗色的光。

"哼，易天爵，这事不算完。在崇阳最强之子面前！明德的霸王龙只是一条菜青虫。记住，我叫古、力、奇。"说完，他把书包甩在背上，朝巷子的另一头跑远了。

"白痴！还敢留下名字？"易天爵闷声说道。

柳嘉劫后余生，长舒了一口气，一屁股跌坐在地上："真难得，你也会有肚子痛的时候。"

"喊。"易天爵撇了一下嘴，然后用和他外形格格不入的方式，小心翼翼地将抱在怀里的外套慢慢拿了出来。

"咦？是那只猫咪?！"

当柳嘉听见外套里传出的狂躁嘶吼声，轻吸了一口凉气。

"是它们的妈妈。"易天爵回头看了一眼被他护在身后的那几只小奶猫。

柳嘉看着蜷缩在角落里的那几只毛茸茸的小奶猫，心都快融化了。

"它们这么小，如果没有妈妈，恐怕很难活下去吧？"柳嘉难过地说。

易天爵点了点头，问："戚梦萦呢？"

"她现在没空，但是委托我把清除病毒的特效喷雾给你带过来了。"柳嘉从口袋里掏出黄色药瓶，"现在得想办法，喷进它的嘴巴里。"

易天爵紧紧地抱住猫妈妈，让它从外套里露出了头。猫咪目露凶光，狠狠咬住了易天爵的手指。易天爵的眉头紧皱，手指渗出血来。

柳嘉从牙缝里嘶嘶吸着凉气，即使只是在一旁观看，也能深深感觉到被猫妈妈咬住的手指一定疼极了！

"别愣着，趁现在。"易天爵咬紧牙说。

柳嘉赶紧点点头，打开瓶盖，将黄色喷雾灌进了猫妈妈的嘴里。

猫妈妈暴怒地叫嚷。易天爵不顾手指还在流血，用没有受伤的手指轻轻抚摸猫妈妈的头，低沉嗓音竟透出一丝温柔："加油，一定要挺过去，你的孩子们还在等你，加油！"

流浪猫仍咬着他的手指，警惕地嘶鸣了好一阵，最后终于逐渐冷静下来，松开了嘴。它朝易天爵发出一声像棉花一般柔软的轻鸣声，似乎在表达感谢。

"它恢复了！太好了！"柳嘉欣喜若狂。

易天爵也松了一口气，用粗糙的手掌轻抚着猫妈妈的头，然后将它放回到地上。流浪猫立刻跑到了它的孩子们身边，温柔地舔舔着奶猫们身上柔软的毛，似乎在说："妈妈回来了。"

柳嘉想起不久前被治愈的母亲，感动得鼻子有些发酸。

"过两天来给它们搭个猫屋，以后这里就是它们的地盘了。"易天爵深邃凶厉的双眼中意外地流露出一丝温柔。

"太好了，易天爵，它们有名字吗？"柳嘉笑嘻嘻地问。

"名字很重要，会跟随它们一辈子，我得好好想想。"易天爵皱眉说道，"你有什么建议吗？"

"你这么喜欢猫，为什么不收养它们呢？"柳嘉好奇地问。

易天爵愣了愣，拍拍身上的尘土，捡起落在地上的书包，直起身来。

"有些事，你不懂。另外，我也没有强大到，可以保护所有人的程度。"说完，他默默地离开了巷子，影子倒映在地上，被阳光拉得很长。

易天爵还在为他的家人感染幻象病毒的那件事自责吗？

柳嘉若有所思。

第三幕

第一次狩梦评定

接下来的几天，几乎一晃而过。

这段时间崔牛牛总是魂不守舍，仿佛丧失了与柳嘉对抗的兴趣。所以，柳嘉每天放学后，都能陪着易天爵一起去喂食小流浪猫，写完作业后还有短暂的空闲时间，和罗西、易天爵一起玩乾坤手环内置的狩梦人思维训练小程序《博古医生探案集Ⅰ》。

在伦委会警告解除的那天傍晚，戚梦萦也和他们一起训练了一局，结果柳嘉"意外"地被实力碾压，评分垫底。

米兰市又下了一整夜的雨。

天微微亮的时候，新的一个周六终于来临，雨也悄悄停了。

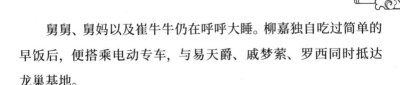

舅舅、舅妈以及崔牛牛仍在呼呼大睡。柳嘉独自吃过简单的早饭后，便搭乘电动专车，与易天爵、戚梦萦、罗西同时抵达龙巢基地。

四人来到梦域训导室虚拟异象视界的门口。

戚梦萦沉着地将掌心贴在训导室外墙的水晶密匙球上，一朵电流交织成的火焰莲花在水晶球里旋转绽放。

几秒钟后，训导室厚重的大门自动朝一侧缓缓移开。

跟随三位同伴走进训导室，柳嘉发现自己伫立在一片湛蓝的湖水之上。

而另一边，戚梦来院长恰好穿过摇曳的雾莲花丛，满面春风地朝他们走来。老院长的银白须发随风飘动，有若智者降临一般。博古医生和祁莲秘书静静跟在院长身后，一个默不作声，一个满脸阴沉，仿佛头顶着自带闪电的乌云。

因为成绩不佳的关系，柳嘉对这样的气氛简直太有经验了。看来博古医生和祁莲秘书一致认为，他们把上次的狩梦任务搞砸了，抑或是对柳嘉和易天爵耽误了两周狩梦人训练非常不满。

"孩子们，许久不见。"戚梦来院长慈爱地向他们伸出双臂，"这几天的离别，比想象中漫长。无论如何，希望你们没有辜负时间的惠赐，小脑瓜里的知识有没有更丰富一些呢？"

"对不起，老院长。"柳嘉羞愧地嘟着嘴低下了头。而易天爵却不为所动，若无其事地扫视着老院长和博古医生、祁莲秘书。

"别泄气，八爪者。学无止境，即使最优秀的狩梦人也无法面面俱到。"戚梦来院长的笑容里充满了智慧，"当然，无知并不能成为沉默者逃避现实的理由。"

易天爵的气势瞬间减弱了一大半，他冷哼一声，把叉在腰上的双手悄悄塞进了制服口袋里。

"院长，这个虚拟影像是雾莲湖吗？"戚梦萦心神不宁地说。

"是的。"戚梦来院长点点头，"虽然回忆和感慨，都是老头子们的喜好。不过，孩子们，请你们仔细听，因为这关系到你们何时才能成为拥有强大力量的正式狩梦人。"

虚拟异象视界里变得安静极了，连罗西也自觉地吐出了泡泡糖。

博古医生摁了一下腕上的乾坤手环，空气中浮现出熟悉的红色电光操作盘，他迅捷地在圆盘上敲击着，雾莲湖面的影像瞬间烟消云散。

这时，房间内暗紫色的金属地面上方有十几颗色彩鲜艳的巨大模拟星球，在空中悬浮闪耀，一条光束如同巨蛇在星球间游走，发出嘤嘤嗡嗡的声响。

小狩梦人们惊讶地观察着，金属地面上慢慢凝聚出五个紫色光圈，无数细小的几何图形犹如潮水般从中涌出，拼接成一个奇妙的暗影舞台。几束弧光围绕着舞台旋转升起，四个狩梦人的影像在舞台中央闪烁，眉目变得愈发清晰。

"咻！"罗西饶有兴致地吹了一声口哨。

易天爵激动且警戒地环抱住手臂。

"哇哦，酷！"柳嘉感动地大喊，他对自己影像的威风造型相当满意。

"狩梦能量检测仪。"戚梦萦一语中的，明亮的眼睛里闪耀

着兴奋的光芒，"此前，我在爸爸的笔记里读到过。"

"确实如此。"戚梦来院长踱步到影像旁，影像上空浮现出四个淡淡的月牙，"跃迁舱与三座创世级计算机紧密相连，它们会根据狩梦人在梦域碎片中精神、耐力的成长，以及在执行任务期间所表现出来的智慧、勇气等素质，给予综合评定。"

"评定会影响月相的变化。当能量蓄成满月时，意味着你们正式成为狩梦人。初始月牙是你们经历幽伶花园后的印记。现在，让我们来看看，上一场任务'刀锋'与'莲花'的评分。"

房间内兴奋的气氛陡然紧张起来。

"首先，我们来看智火者。"老院长声音洪亮地说，"在雾莲街市梦域碎片中，她展现出一贯的冷静与分析能力，勇敢面对挫折，并最终克服了内心阴霾。故此，三神机给予了她 7.2 分的月相评定。"

戚梦萦淡然的脸上掠过若有若无的笑意，属于她的光影成像上空的月相表，从指甲大小变成半块西瓜皮大小。

"接着是雪狼者，罗西。你以智慧化解危机，独自面对邪恶挑战，为同伴争取时间。"老院长赞许地说道，"雪狼者拥有极强的梦域适应力。对初阶狩梦人来说，这是非常可贵的能力。为此，三神机判定你得到了7.1分。"

月相演化比戚梦萦略少一点点，罗西不以为然地冷哼。

易天爵则在一旁紧张地咧起一边嘴角："嘁。雕虫小技。"

"戏猴者，易天爵。"听到老院长说到自己名字，易天爵身体不安地抖动，"团队当之无愧的盾牌，关键时刻总能挺身而出。6.9分！"月相相应变化，易天爵一脸颓丧。

"到、到我了?"柳嘉用力吞咽口水，这可比预考成绩时带劲多了。戚梦萦鼓励地看了一眼柳嘉，遗憾的是，柳嘉完全没注意到。

"八爪者，柳嘉。"老院长目光深邃，语调深沉起来，"你舍生取义，在你的身上，我们看到了你父亲'鹰眼'的缩影。不仅如此，你对正义有自己的判断和信念，并在任务中给所有同伴鼓励，因此你得到了7.5分，也是上次任务的最佳狩梦人。"

属于柳嘉影像上的月牙超过了戚梦萦，训导室里陷入了短暂沉默。

"我，最佳狩梦人?"柳嘉呆若木鸡地喃喃自语。

"八爪者第一名，我没有异议。"戚梦萦坦诚地说，眼眸中却带着淡淡雾气。

"口哨，运气也是一种能力，我不得不承认这一点。"罗西

挑起眉毛，打趣地斜睨着柳嘉。

"哼，没有下一次了！"易天爵双手叉腰不服气地说。

"那可说不准。"柳嘉得意极了，满脸荡漾着笑容，"毕竟，我将来会是站在狩梦人顶点的男人。"

博古医生再次敲击圆盘后，舞台和狩梦人影像消失了，只余下光束巨蛇仍在星球间嘤嘤嗡嗡巡航。

"我有一个问题。"戚梦萦往前一步，"在梦域碎片中，精神能量会自动增长吗？譬如柳嘉，已经在追击中能量耗尽。"

罗西挑起一边眉毛，好奇地看着博古医生。

"男子汉，跌倒了就爬起来！"易天爵不假思索地回答。

柳嘉惊奇地看着戚梦萦，他完全没有察觉到这一点。

"敏锐的感觉，智火者！"老院长赞许地说。

"事实上，预备级狩梦人执行任务的时候，我们均加载了保护措施。"

"关于这一点。"老院长脸上露出了笑意，"我想，在合适的时间，夜行者会告诉你们。"

"我也要提问！"易天爵不耐烦地嚷嚷，"关于新任务……"

"谈到新任务，我有必要提醒大家，接下来的任务我仍然希望你们能在安全模式下完成。"祁莲秘书走上前，严厉地扫视了一眼小狩梦人，"合格的狩梦人，绝不会犯两次同样的错误。"

说完，祁莲秘书越过博古医生，抬手抹去了虚空中的红色光影圆盘，手指略微屈伸后，一个淡蓝色光影控制盘出现。她敲击了几下，金属地面急速坍塌，五颜六色的几何图形在空气中迅速构建。

没一会儿，一个公园傍晚的立体影像被勾勒出来。小狩梦人跟随在老院长和博古医生、祁莲秘书身后，行走在影像公园的湖畔树荫下。

天渐渐暗淡，已然临近闭园时间。

公园里的白日喧嚣与昏黄落叶相拥沉眠，四野万籁俱寂，不见人影。一旁是被夕阳染红的金色湖水，另一侧是一个歇业的室外儿童游乐场。

"这里我来过，米兰市的世纪公园！"虚拟影像公园的银杏树下，柳嘉低声惊呼。就在不久前，班主任云碧华老师曾组织他们来这里秋游。

"嘘！看那边。"戚梦萦指了指人行道远处，一群和他们年纪相仿的男生吵闹着朝他们走来。

"抓住那只蠢猫，就能把他引过来？这么好骗？"

"明德霸王龙连只流浪猫都罩不住，哈哈！"

"难怪大话精是他朋友。"

人群中发出一阵哄笑声。柳嘉惊讶地看着走近的人群，走在最前的男孩个头不高，一头栗色短发像抹了油一般在夕阳下闪闪发光。

"是他，那天自报家门的家伙古力奇！"

"你们的'朋友'还挺多。"罗西怪腔怪调地笑着说。

"如果在梦域里遇见这几个坏小子，我绝不放过他们！"易天爵拳头捏得噼啪直响，咬牙切齿地低吼着。

"戏猴者，狩梦任务不可以夹带私人恩怨。"戚梦萦义正词严地提醒。

"注意。"博古医生用低沉嗓音适时提醒。

啪嗒！游乐场里的彩灯突然全都亮了。

四位小狩梦人扭头看去，骤然响起的奇怪音乐声中，原本静止的游乐设施纷纷重新运转起来。一道白绿相间的光晕缓缓飘落，像极光天幕般将整个游乐场包裹了起来。

游乐场大门悄然洞开，从旁经过的古力奇一伙几乎毫不犹豫地走了进去，开始大喊大叫地玩耍。

没过多久，光晕里的游乐场上空竟然离奇地飘起了纷扬雪花。奇怪的乐曲一结束，极光天幕瞬间如烟雾般消散，游乐场再度恢复死寂。古力奇和他的伙伴们在各自玩耍的游乐设施上陷入了沉睡。

画面在此处定格。

"这就是你们本次任务的剪影。"祁莲秘书站在游乐场静止影像前，严肃地说，"受害人都是在公园快闭园时，偶然经过的路人和来此散步的附近居民，已达20人之多，目前全都昏迷不醒。本次任务的关键词是'幽影'和'冬雪'，祝各位顺利完成任务。两个小时后，我们月灵顶见！"

祁莲秘书介绍完任务情况后，老院长和博古医生宣布散会。

"我有一个问题，那几个在游乐场上空跳舞的雪人是什么？还有那一道绿光。"柳嘉好奇地问，却发现其他人都疑惑不解地看着他，只有老院长眼中闪过一道异光。

"大话精，你又在说什么大话？"易天爵挑眉瞪着柳嘉，"什么光和雪人？朱古力刚进去就昏倒了，睡得像死猪。"

"他叫古力奇。"柳嘉幽幽地说。

"耍猴的,这一次,说大话的人是你。"罗西冷傲地笑着打趣,"扬言要教训那几个坏小子,结果他们的名字都记错了。"

"谁放弃?!你说清楚!"易天爵怒气冲天地追着走出训导室的罗西,就像见到香蕉的大猩猩,被罗西轻松引走了。

戚梦萦无奈地摇摇头,与老院长及博古医生道别后,转身优雅地离开,走之前还深深地看了柳嘉一眼。

难道真的是自己眼花了吗?柳嘉困惑地抓着头,也跟着走出了梦域训导室。

安静下来的梦域训导室褪去了它神秘的外衣,恢复了本来的样貌——一个布满各种精密仪器的房间。

"老院长,刚才八爪者所说的绿光和雪人,您看到了吗?"博古医生有些疑惑地问。

戚梦来院长摇了摇头,目光深沉地看着在柳嘉身后关闭的大门。

"必须加快天宫计划的解析速度。小柳嘉能看见绿光和雪人,那可不是什么好征兆。"

第三幕 结束

ACT
04

第四幕

塔兰大陆·坠船记

　　虽然是第三次灵魂跃迁，但柳嘉还是紧张极了。

　　午餐似乎吃得太饱，他的身体在透明球形跃迁舱里缓缓浮动时，竟然像晕车一样，感觉到一阵阵反胃。晕眩中，幻影-27无奈地叮嘱了几句注意事项，便隐去了。等不到空灵歌声响起，壮观银雨落下，柳嘉已闭上眼睛，昏沉沉地睡了过去。

　　隐约间，他听到一个奇怪的声音在耳畔沙沙作响，可越想要听清楚，声音便飘得越远。回想起第一次跃迁的惨痛经历，柳嘉拼命压抑住想要睁开眼睛的欲望。就在这时，怪声被一个熟悉的人声渐渐替代。

　　"柳嘉？"

当柳嘉迷糊地睁开眼，浓雾一如暗蓝纱幔，让他几乎什么都看不清晰，戚梦萦的身影在他身旁的浓雾中若隐若现，意识像陷入最深沉的梦里一般。

"你总算醒了。"戚梦萦松了一口气。

"这里是……灵魂逆流河？"柳嘉揉着惺忪睡眼坐起身来，发现自己在小帆船的甲板上，而罗西和易天爵正在船头吵吵闹闹。

"我们已经离开无影码头快一刻钟了。"戚梦萦回答。

"小章鱼，你还真能睡。"夜行者像幽灵一般飘在船舷，摇摇晃晃地操控着帆船，"小鬼头们正吵着给船取名呢！要不是今夜蓝雾浓艳，逆流河里的噬魂鲨都要被他们吵醒了。"

柳嘉困惑地转过头去，看到罗西满不在乎地用拇指弹起一枚硬币，挑眉瞪着易天爵。

"打赌是我赢了，所以我决定叫它'摩西降临号'——智者之船。"

"'不死勇士号'——男人的船。"易天爵不依不饶地冷哼。

"等等！"柳嘉摇了摇眩晕的头，不满地嘟囔，"这是我的船，应该由我来取名！"

"口哨，你取的船名，多半够逊。"罗西调侃地说。

柳嘉不服气地噘起嘴，悄悄把脑海中的"平安归来号"隐藏起来："呃，等我想好了，再告诉你们。"

罗西抬了抬眉毛，一副"果然如此"的表情。

"我从爸爸的笔记里读到，对狩梦人来说，取船名是非常慎重的事情，绝不能草率决定。"戚梦萦陷入回忆，淡淡地说。

"说得太对了,智火者!"夜行者突然加大摇动船桨的力度,"成为传奇狩梦人的第一步,就是要让座驾拥有如雷贯耳的威名。坐好了,小鬼头们!'铁甲秋刀鱼号'马上起飞!"

船艒略微倾斜,刺穿暗蓝浓雾向斜上方飞去。不久,一个像太阳般的巨大蓝色"瞳孔"出现在大家面前——空墟之眼到了。

一股温热的气流载着帆船往瞳孔中央的巨大黑洞驶去。越过目眩神迷的蓝色流光,柳嘉看到巨大黑洞竟是从浓厚云层中开辟出来的一条圆形隧道,棉絮般柔软的灰白云朵在周围缓缓转动,不时透出奇异的光华。

帆船晃悠悠地向前飞行,柳嘉心旷神怡之余,又开始打起瞌睡。

不知过了多久,帆船飞出了云朵隧道的黑暗尽头。一阵强光袭来,狩梦人惊呼着连忙捂住眼睛。适应炫目光线后,柳嘉慢慢松开手指,眼前的美景让他惊呆了!

一望无际的蔚蓝天空之下,平坦的大陆就像碧绿的猫眼石,被巍峨的山脉环抱。清丽的河水仿佛一条条缎带,倒映着蓝天和云彩,光影在浅绿色的大陆湖泊中流淌蜿蜒。

大陆正中央,一座孤峰拔地而起、高耸入云,一如权杖般俯视着远近的一切,并投射下巨大的阴影。无数大鸟在孤峰的四周盘旋,嘹亮的鸣叫声让天地间显得空旷悠远。

山脉的背面是刀削斧劈般的山崖,被白色云雾萦绕遮掩。

"哟嗬,我心飞翔!"柳嘉挤开站在船头的罗西,像傻鸟一样张开双臂,迎着清爽的晨风兴奋地大叫。在经历过可怕的幽伶花

园和诡异的雾莲街市后，他头一次知道，原来梦域碎片里，也可以有这么壮阔美丽的地方！就连戚梦萦也忍不住凑到船舷边，用手压住在风中翻飞的长发，微笑着欣赏天穹之下的美景。

"没见过世面的小鬼头。"夜行者不以为然地嘲笑，"如果有一天，你们去了激流岛，或者天宫城……算了，就当我什么也没说。"

"喂，那是什么？"一直环抱着手臂正襟危坐在甲板中央的易天爵，面容严肃地指向帆船的一侧。柳嘉和其他人转头看去，发现一只有半艘帆船大小、长着漂亮翠绿羽毛的大鸟，正在一旁骄傲地飞行，它用深褐色的眼睛好奇地观察着帆船上的一行人。

"看起来，像是始祖鸟。"戚梦萦镇定地说，眼中闪烁着智慧的光，"果然，这里是一片史前大陆。"

大鸟扇动着翅膀滑翔到帆船的前方，突然转过头，发出一阵嘲笑般的嘎嘎声，然后振翅飞远了。

"我们是不是被嘲笑了？"柳嘉困惑地看着始祖鸟飞远的身影，喃喃自语。

"喂，烂布，你是蜗牛吗？你开船的速度连鸟都看不上。"罗西一脸鄙视，眼中毫不掩饰对夜行者的轻蔑。

"小雪狼，竟敢叫我烂布？!"夜行者恼怒地低吼，"本大爷在逆流河上横冲直撞的时候，你还在换尿布呢！抓稳了，臭小鬼们，今天就让你们为我超凡的驾控技术哭泣！"

柳嘉刚想阻止，可惜已经来不及了。帆船突然加速，在夜行者兴奋的狂笑和柳嘉的惊呼声中，甩着船锚，箭一般往前冲去！

柳嘉死死抓住船帮才没有摔倒在甲板上，等他重新站稳脚跟，帆船已经追赶上先前飞远的始祖鸟了。

"小绿毛！我又回来了，哟嚯！"夜行者得意地纵声高歌。

始祖鸟转过头，不屑地瞥了夜行者一眼，继续加速往前飞去。

"呀吼！连你也瞧不起我是吗？"夜行者出离愤怒了，猛拉船舵，帆船向一侧倾斜了45度，一个急转弯绕到了始祖鸟的前面。

"夜行者，冷静一点！"戚梦萦抓着船帮，颤声大喊。

然而风声呼啸，夜行者根本听不到她的劝阻。此时帆船就像一只暴走的飞天老鼠，在天空中上蹿下跳，和始祖鸟追逐纠缠。

柳嘉感觉自己的五脏六腑都在身体里翻江倒海。罗西单手扶住桅杆，兴奋地以手指点额，向气急败坏的始祖鸟敬礼。易

天爵则仿佛晾晒的咸鱼干一般，浑身僵硬地死死吊在甲板的拉环上，脸色惨绿。

"前、前面有一座山！"眼看帆船朝一个陡峭的山崖直撞过去，柳嘉拉长着脸惊愕地大叫。

"注意，小章鱼！接下来是我和这只蠢鸟的终极决战！"夜行者怒吼一声，帆船径直朝山崖撞了过去。而始祖鸟也毫不示弱，一直紧随其后。

当帆船就要撞击山崖时，夜行者猛然转动船舵，帆船灵巧地从旁边的峡谷绕了过去，始祖鸟却来不及反应，一头撞上了山崖！它"嘎"地惨叫了一声，像被摔在墙上的印度飞饼，软趴趴地晕倒在崖壁凸出来的岩石上。

"哈哈，我们赢了！"

夜行者的黑斗篷还在风中得意地乱颤。柳嘉的脸色却变得越来越难看，他跌坐在甲板上，用手指着帆船上空一块越来越厚重的阴影，喉咙干哑得发不出声来。

"小章鱼，怎么样？我厉害吧？"夜行者得意忘形地大笑。

"看上面！"柳嘉惊恐地指了指天空。所有人抬头向上看去，发现两只体形更加巨大的始祖鸟正朝帆船逼近。它们比刚才"坠机"的始祖鸟大了足足一倍有余，身披锋芒锐利的绿色羽毛，全都一副怒不可遏的表情。

一只大始祖鸟悲戚地鸣叫着朝岩石上的小始祖鸟飞去，另一只尾羽更长的大始祖鸟则杀气腾腾地瞪视着帆船上的一行人，嘎嘎的叫声犹如愤怒的咒骂。

"喊, 麻烦的家伙, 开溜!" 夜行者不耐烦地闷哼一声, 飞快调转帆船, 朝相反的方向飞去。

"咻, 继续啊!'浪'布先生。" 罗西兴致昂扬地吹了一记口哨。

"它们会击沉我们的船吗?" 柳嘉惊慌失措地大声问。

戚梦萦从甲板的暗格里拿出几个紧急逃生包, 分发给所有人: "安全起见, 大家先佩戴好降落伞。"

"哼, 一只鸟有什么可怕。" 易天爵从甲板上默默站起来, 一脸惨绿地瞪视着在上空盘旋的大始祖鸟, "这艘船, 就由我来守护!"

易天爵龇牙咧嘴的神情, 似乎让大始祖鸟更加愤怒了。它发出沙哑而尖锐的叫声, 像导弹般俯冲下来, 尖利的长嘴间露出闪着寒光的尖牙。

"溜不掉了, 小鬼头们, 快跳伞吧!" 在夜行者张皇失措的大喊声中, 大始祖鸟扇动着翅膀, 从帆船上空呼啸而过, 随意一击便把打满补丁的船帆划成两半。不仅如此, 当它粗壮的长爪从帆船上掠过时, 一把抓住了易天爵的腰背, 想要把他带走。

"易天爵!" 柳嘉下意识地扑上前去, 死死拉住易天爵的大腿。大始祖鸟冷笑着 "嘎嘎" 大叫两声, 继续振翅往更高处飞, 眼看就要把易天爵和柳嘉都抓走了。

"大话精! 快放手!" 易天爵焦急地大喊。

"不行! 我们是同伴, 我不能见死不救!" 柳嘉死死咬着牙, 紧闭双眼, 奋力将易天爵继续往帆船上拉。

"混蛋! 快放手!"

"绝! 对! 不! 放!" 柳嘉一字一顿地大声回答。

忽然，他感觉大始祖鸟拉拽易天爵的力气消失了，巨大的反冲力让他一屁股跌坐回帆船上。柳嘉赶紧睁开眼，发现自己手中居然拽着半截宽大的跃迁服，而在不远的上空，易天爵已经被大始祖鸟叼着飞走了。耀眼的阳光下，一个光溜溜的大屁股就像锃亮的皮球，闪着刺眼的金光。

"大话精，你死定了！"易天爵的怒骂从空中遥遥传来。

柳嘉双手捧着裤子在风中凌乱："我、我不是故意的。"

"咳咳，船帆损坏严重，我们得赶紧下船。"戚梦萦满脸通红地低头看着甲板，尴尬地干咳了两声，"那么，我们用乾坤手环联系吧。"

说完，她动作娴熟地从帆船上跳下，拉开降落伞飘远了。

"不得不说，刚才那一幕异常精彩。"罗西面对柳嘉调侃地笑着，身体像海豚一般优雅地向后仰去，跃下了帆船，"祝你'死得其所'，口哨。"

"我、我该怎么办？"柳嘉捧着半截跃迁服，脸色惨绿地看

着正手忙脚乱想稳住帆船的夜行者。

"真啰唆，你自己看着办呗！"夜行者一脚把柳嘉踹下了帆船。

柳嘉在空中飞快坠落，灌满空气的跃迁服就像一面旗帜在风中飞扬。几千米的陆地上空，回响起惊恐万状的尖叫声。

"救命啊！降落伞，我不会用啊！"

第四幕 结束

梦域空间

与塔兰
幽浮魅影

ACT
05

第五幕

 祭品·原石菜

　　柳嘉像只落水的蚂蚱，尖叫着从空中飞快坠落。

　　狂风不停地从他耳畔掠过，一群翅膀如凤尾蝶般色彩斑斓的大鸟，拖着长长的尾翼从他的身边飞过。柳嘉发现，它们的身体犹如晶莹剔透的锦鲤，肚皮底下还长着四对鱼鳍，此刻正一脸冷漠地瞪着他。

　　柳嘉还没来得及细看，一只飞在队伍最下方、长着紫色黑斑翅膀的怪鸟突然咧开大嘴，露出一口亮闪闪的尖牙，猛地朝他撕咬过来！

　　柳嘉大声惊叫，求生本能使他像青蛙一样在空气中拼命潜泳。慌乱间，背后的降落伞包"噗啦"一声被打开了。但预料中

 55

的缓冲并没有来到，身体持续失重，缝缝补补的破烂降落伞五颜六色，一块补丁竟是一条画满了涂鸦的开裆裤！

柳嘉绝望地惨叫着，失控的身躯就像一颗实心炮弹，轰向一片茂密树林。

混乱中，他急中生智发动朦胧术，一团黑雾从他的皮肤外层喷射而出。瞬间，柳嘉感觉到身躯变得轻盈，毫无阻拦地穿过了密密麻麻的树枝和树干。然而，尾随其后的漏气降落伞却被吊拽在大树的树冠上，朦胧术消散后，柳嘉倒悬在半空中，左摇右晃。

咚、咚、咚！

几根被撞断的细小树枝像是苛责他的莽撞般，接二连三地砸在他的头上。柳嘉惊魂未定地喘着粗气，感觉五脏六腑都在吞云吐雾。

等体力渐渐恢复，他发现就在自己的下方，一个奇怪的动物正瞪着蓝色玻璃球般的大眼，目不转睛地看着自己。

它既像羊驼般毛茸茸，又似乳猪一样圆滚滚，漫不经心地咀嚼着满嘴青草，头顶上那对淡黄色的犄角，酷似两个新出炉的可颂面包。

祭品·原石菜

回想起刚才"空难"时偶遇的怪鸟，柳嘉警惕地发出"咻咻"的嘘声，试图驱赶这只奇怪的动物。

但适得其反，噪音将更多只同样的动物吸引了过来。它们全都长得一个模样，只是大小不一，一边嚼着草叶，一边面无表情地观望着吊在半空中的柳嘉，就像一群免费参观人体艺术的游客。

柳嘉努力抬起手腕，朝乾坤手环看去，没有任何消息。当务之急是先从树上下来，再伺机逃离奇怪动物的包围。

解开缠绕的安全带后，柳嘉一屁股跌落在草地上。

"砰、咚"落地的声音，惊吓得怪羊们"哞哞"叫着四处逃窜。

柳嘉揉了揉摔痛的屁股，慢慢地站起身，他这时才察觉到这片树林茂密极了，嘹亮清脆的鸟鸣声不断传来，巨大的参天古木遮天蔽日。

从树枝上垂落下来的粗壮藤蔓闪烁着幽绿荧光，碧绿草地仿佛厚实的毡毯。晶莹的气泡从激流溪水中向上升腾，宛若一颗颗梦幻的水晶球飘向四方。

空气中暗香浮动，光晕透过树梢将整个丛林装扮成了翡翠般的绿色国度。

柳嘉犹豫着，不知该往哪儿走。此时最早出现的那只怪羊在不远处悠悠地转过身，冲他"咪咪哞哞"地温柔叫唤。

是要给自己带路吗？柳嘉欣喜地朝怪羊走去。

没走几步，怪羊脸上竟浮现出一个阴险的坏笑。柳嘉脚下突然踏空，身体像石块般坠进一个一人多高的深坑里。还来不

及喊痛，一张藤网便从洞口外撒下，将他严严实实地包裹住，越是挣扎藤网便缠得越紧。

"可恶啊！是谁?!"柳嘉朝洞口气急败坏地大喊。

这时，怪羊从洞口探出头来。

而在它的旁边，另有一张长相奇特的脸——他有着小巧的人类五官，脸颊却像狸猫一样胖乎乎的，细软的白色绒毛包裹着脸颊四周，头上还戴着一顶用绿色树叶编成的头环。

怪羊发出"咪咪哞哞"的贼笑。

猫脸少年仿佛能听懂怪羊的话，他点了点头说："带回村里，交给族长，也许能做祭品。"

"什么? 祭品?!"柳嘉惊恐地大叫，"等等！我是……"

猫脸少年慢悠悠地从腰间掏出一根竹管，朝土坑里轻轻一吹。柳嘉感觉脖子上似乎被蜜蜂蜇了一般疼痒，接着视线变得模糊，倒头昏了过去。

不知道过了多久，一阵嘈杂的脚步声将柳嘉从昏迷中吵醒。他迷迷糊糊睁开双眼，发现四周是一片乱石林立的荒野。

金乌西斜，天空变成了一片灰蒙蒙的蓝绿色，准确地说，到了傍晚用餐的时间。

他此时就像一头待宰的羔羊，双手双脚被捆绑在一根横架起来的竹竿上！而在他的身下，两名和猫脸少年长相酷肖的猫脸人正打算引燃篝火。

不仅如此，十几个猫脸人正举着石块在他周围跳着奇怪的舞蹈，脖子上围着一圈白毛围脖，穿着兽皮衣裙，嘴里还"石砾

石砾”地怪叫着。

他们头顶露出一对毛茸茸的尖耳朵，手脚上长着浅棕色绒毛，身后还有一条狐狸般的长尾巴。

"快放我下来!"

柳嘉用力挣扎，猫脸人却叫得更欢快了。柳嘉发动朦胧术，却发觉浑身竟硬得像石头，完全使不上劲。

"时间到!"一个枯枝般干哑的声音在人群外响起，猫脸人安静下来，退向两侧，避让出一条道来。

柳嘉扭头看去，发现刚才的猫脸少年搀扶着一位步履蹒跚的老人，从旁边掩盖在枯草堆中的贝壳状灰白石洞里钻了出来，踏着满地的橙红色草梗，骄傲地走来。

老人留着鲶鱼须般及胸的花白胡子，虽然两团祥云眉厚重得几乎完全遮盖住眼睛，但握着绑有方形石块木杖的手，看起来仍刚健有力。

"呜里奥拉——石砾石砾——"

老人在架着柳嘉的木堆旁站立，高高举起手杖，虔诚地闭上双眼仰面朝天。其他猫脸人见状纷纷双膝跪地，双手捧着一块石头向上托举，仿佛在敬奉天神。

1分钟、2分钟……5分钟过去，老人仍维持着同一姿势，没有说一句话。

直到10分钟后，柳嘉惊讶地发现，他的鼻孔里吹出了一个泡泡，忽大忽小——老人竟然睡着了!

"老族长。"猫脸少年在旁边悄声提醒。老人打了个激灵，咂巴着嘴清醒了过来。

"啊，孩子们，刚才说到哪儿了？"

"刚才什么都还没说。"猫脸少年小声嘟囔，依然保持着敬畏的语气。其他的猫脸人则偷偷交换着怪异的目光。

"那么……"老人拖拉着长长的声调，像年迈的乌龟般慢悠悠地说，"塔兰勇者大赛又将吹响号角。我们原石氏族，今年也要派遣勇士参加，与其他氏族一较高下。祖灵启示，近期将会有一位无尾勇士降临，为原石氏族争取机会。"

老人边说边拄着手杖走到柳嘉面前，像戳西瓜一般，拿手杖用力敲打着柳嘉的背和屁股，疼得柳嘉嗷嗷直叫。

老人遗憾地长叹了一口气，摇了摇头："没尾巴、胆小、蠢，作为祭品也有点勉强呀。"

柳嘉正想辩解，一位年长的猫脸妇人却悲伤地抹着眼泪呜咽起来。

"老族长，我们原石氏族里去参加前几次塔兰勇者大赛的强壮男人们，没有一个人回来。眼下除了女人和小孩，就只有小原石狸刚刚成年。"

"如果没有勇士参加比赛，后果你们是知道的。"老族长拄着手杖，无奈地唉声叹气，"牙石、滚石、顽石……那些人丁兴旺的氏族，一定都能派出几名勇士。为了保住原石氏族的火种，这次无论如何，也得有一名勇士去才行。"

"老族长，原石狸愿意去比赛！"猫脸人还在议论纷纷，猫脸少年却自告奋勇地站了出来。

"好孩子。"老族长忧伤地转过身，抚摸着猫脸少年原石狸毛茸茸的头，"可是你现在还小，而其他氏族的勇士都身强体壮。"

"放心吧，老族长。"原石狸自信地笑着说，"虽然我不强壮，但我很聪明。我会为原石氏族争取一个好名次！"

他说着从背后掏出一串绳结，在众人期待的目光中，骄傲地伸出一根手指慢慢地开始数："1——2——3！"

"哇，太厉害了！原石狸竟然能数到3！"

"我们的原石狸，果然是所有氏族里最聪明的孩子！"

所有的猫脸人都激动地叫喊起来，那位猫脸妇人哭得更厉害了。

"好，好！"老族长感动地闭上眼睛，慢慢点头，"原石氏族，再艰难也要存续下去……祖灵会护佑他勇敢的后裔。现在，我们奉献祭品。"

柳嘉察觉到猫脸人的目光忽然聚焦到自己身上，心里咯噔一沉，放声大喊："等、等一下！数数我也会！我会背圆周率3.1415926……"

"他在说什么疯话？"

"胡乱吐口水？这也算数数吗？"

在猫脸人不屑的低声嘲讽中，柳嘉秒懂了"先知"不被人理解的委屈。

"生命循环，自有道理。"老族长目光混沌地看着柳嘉，语气中透着安慰，"掉进'祖灵碗'，就是被选中的祭品。既然你做不了勇士，就安心成为勇士的菜吧。"

"什么?! 菜?! 不，我不好吃！"

猫脸人完全不理会奋力挣扎得像蚂蚱一般的柳嘉，重新站起身，围着火堆又唱又跳起来。柳嘉感觉身体沉甸甸的，仍旧

发动不了朦胧术，被绑得紧紧的手也无法触碰到乾坤手环向其他伙伴求救。

就在他倍感绝望之际，夕阳深处突然闪烁出一点明亮光斑。接着斑点越变越大，一声熟悉的怒吼也随之传来。

"混蛋，滚开！本大爷要降落了啊！"

猫脸人顿住动作，警惕地抬头观望。当光斑靠得更近时，柳嘉喜出望外地发现，那竟是一个打满补丁的降落伞！而在降落伞下的不是别人，正是被大始祖鸟叼走的易天爵！

"易天爵！快救我！"柳嘉欣喜若狂地大叫。

易天爵抓着降落伞在空中吼叫，不少猫脸人就像一群受惊的老鼠，惊慌失措地躲藏到巨大岩石块下的邻近洞穴里。

几分钟后，易天爵蹬着空气，掉在搭好的篝火木堆上。

他揉着晕乎乎的头坐起身，还没来得及和柳嘉说上话，猫脸便纷纷冲出了洞穴，用手中各式各样的石头器具，瞄准了他的头。

"唵?！这是群什么东西？"易天爵不耐烦地问，"本大人刚刚解决完那几只笨鸟，现在可没空和你们这群小矮子玩！"

"易天爵！这群原始人要拿我当祭品！"柳嘉心急如焚地大叫，都快哭出声了。

"什么?！"易天爵怒不可遏地站起身来，他的腰间围着一圈长长的绿色鸟毛，看起来就像一条时髦的超短裙，他双手叉腰环视了一圈不到他肩膀高的猫脸人，"敢动我兄弟，看我不拔了你们的毛，巨猿术！"

易天爵话音落下，身体肌肉迅速胀大。

突然"啪嗒"一声脆响，围在腰间的羽毛短裙被他胀大的身躯挣断应声落地，易天爵那变得巨大的光屁股，在夕阳和篝火的映照下闪闪发光。

原本惊恐万状的猫脸人都困惑地眨巴着眼睛，呜哇大叫也变成了"哇喔"的感叹。

"呃……"柳嘉二度尴尬地倒吸了一口凉气。

"唵？"易天爵察觉到周围怪异的目光，困惑地挑了一下皱紧的眉毛。而当他低头瞥见地上的羽毛裙时，脸涨得比夕阳还要红，他慌忙收起巨猿术，手忙脚乱地想要系上羽毛裙。

"等一等！"老族长被原石狸搀扶着，颤巍巍地走到易天爵的身边，围着他转了一圈又一圈，用手杖不停敲打他的身体，嘴里念念有词，"不、不、不……"

"老狐狸，干什么？想挨揍吗?!"易天爵生气地挥了挥拳头。

"不、不、不……"老族长激动地摆了摆手，"勇士身披羽毛，从天而降，并且无毛无尾！"

猫脸人开始兴奋地骚动了起来。

"老族长，难道，他就是传说中的无尾勇士？"原石狸圆溜溜的眼睛闪闪发亮。

"祖灵启示，全都被印证了！"老族长干哑的声音陡然高昂，郑重环视其他的族人，"不会错！他就是祖灵派来拯救我们原石氏族的无尾勇士！"

"石砾石砾——石砾石砾——"

猫脸人欢呼互拥后，跪在地上对易天爵顶礼膜拜。

"尊贵的无尾勇士，原石氏族的天降圣者！"老族长也颤巍巍跪伏在地，颤声哀求，"本族的存亡，就在您的一念之间！"

"唵，怎么回事？"望着老族长和伏倒一地的猫脸人，易天爵困惑地皱紧眉头。

"请您帮助原石氏族参加塔兰勇者大赛！"老族长不等易天爵深思，一脸苦涩地解释，"原石村非常穷苦，仅剩下不多的老人、女人和小孩，奉献不了太多祭品，但只要能满足您……"

"唔？"易天爵沉吟片刻，转头朝柳嘉看去，若有所问。

柳嘉赶紧伸出手指，讨好地指向披在原石狸背上的半截跃迁服："易天爵，裤子，我给你带来了！"

易天爵的嘴角抽搐了一下，仿佛回忆起什么，脸庞立刻臊得像烤得通红的铁罐头，头顶上升腾起一股浓浓杀气。柳嘉顿觉大事不妙。

"那个……什么比赛，待会再说。"易天爵抬起手，怒气冲天

地说，"烤乳猪不错，火升起来，我饿了，我们先吃饭!"

"石砾石砾——石砾石砾——"猫脸人兴奋地大叫起来。

"咦!"柳嘉倒吸一口凉气，被夕阳染红的天空下，再次回响起他的大声哀号，"易天爵! 原谅我! 我真的不是故意的啊!"

第五幕 结束

在那遥远的石头峰上……

梦域空间

与塔兰幽浮魅影

ACT
06

第六幕

遗忘川上的风

如果你去过红草荒原，说不定也会为那里的广袤和寂寥而沉醉。在撒满碎钻般浩瀚的星空下，缱绻秋风与清脆虫吟相互和鸣。当你被猫脸人幽禁在藤筐中，说不定也会灵感爆发，呐喊出如下振聋发聩的句子：

"我！这辈子都不和易天爵说话了。我发誓！

"一个裤子老是会掉的人，不去责怪屁股的不强大，反而怨恨真心帮助他的好人。这个远古梦域碎片、万恶的原始社会，我柳嘉算是看透了！"

天刚蒙蒙亮，猫脸人肃穆地围在藤筐周围。

原石狸扶着老族长和易天爵一起穿过人群，三个猫脸妇人

虔诚地跟在他们身后。

"呜里阿拉——石砾石砾——"老族长抬头看了半晌墨蓝色天空，终于声音干哑地宣布，"星辰启明，勇士出征！"

两个猫脸人将嘶号到天亮才睡着的柳嘉从藤筐里扒拉出来，把他推到原石狸和易天爵的旁边。

柳嘉困惑地看着猫脸人，他们捧着石头跳起了奇怪的舞蹈。三位猫脸妇人分别将树叶头环、树枝腰带和串着三颗石头的藤条项链佩戴在了他们身上，并为三人穿上新缝制的兽皮。

"怎么回事？不吃我了吗？"柳嘉挤眉弄眼地问旁边的易天爵。

"答应了去比赛，条件是带上你。"易天爵低声回答。

"好兄弟……"柳嘉舒了口气。

"不过，我好像听见，有人骂了我一夜。"易天爵转过凶暴的脸，恶狠狠地瞪着柳嘉。

"你、你一定是听错了！"柳嘉狼狈地飞快摆手，讪笑两声。

啪啪！猫脸妇人忽然抬起沾满绿色泥浆的手，在柳嘉和易天爵的脸颊上用力扇了两巴掌。

"啊，为什么打我?!"柳嘉捂着被盖上绿色手印的脸颊，生气地大叫。猫脸妇人们没有应答，半弓着腰退下了。

"外乡人。"老族长不紧不慢地笑着安慰柳嘉和易天爵，"这是原石氏族对勇士的祝福。无尾勇士原石猴，祖灵祭品原石菜，还有原石狸，我族的未来，就交给你们了。"

"放心吧，老族长。"原石狸自信地拍拍胸口。

"此去石头峰，路途遥远，如果路上缺少食物，"老族长慢慢

凑到原石狸耳边，"原石菜就是紧急备用粮。"

"咦?!"凑过头偷听的柳嘉，惊愕得张大了嘴。

"明白!"原石狸用力点点头，"我会守护好原石猴大人，看紧原石菜!"

舞蹈停止下来，猫脸人都高高地托举起手中的石块，肃穆地注视着三位"勇士"，气氛变得异常凝重。

易天爵率先走出人群，柳嘉赶紧一溜烟小跑追上，原石狸个头虽小，动作却异常迅捷，毛茸茸的小短腿跑动起来就像电动马达般强劲有力。

老族长的声音在他们身后回响："祖灵护佑，天降勇士，祈愿平安归来，原石氏族，生生不息!"

"石砾石砾——石砾石砾——"原石狸高声大喊，圆溜溜的眼中噙满了泪水。

"接下来怎么办?"柳嘉凑到易天爵耳边，悄声问。

"哈……哈……"

"看乾坤手环。"易天爵低声回答，"烦人精和死鱼眼也出发去参加比赛了，这是我们安全完成本次梦域碎片任务的捷径。"

柳嘉跟着易天爵和原石狸离开了红草荒原，朝着启明星的方向走去。他们穿过片片幽暗的丛林，跃过条条静谧的溪涧，当太阳缓缓探出地平线时，他们攀爬到了一个小山坡上。

这里到处是怪异的山石。各种色彩绚

烂的巨型花朵和造
型苍虬的古树遮挡
住了他们的视线。

　　几只身披着宝石蓝
羽毛的金刚鹦鹉不时在一旁
聒噪，仿佛在嘲笑初出茅庐的三
位勇士。

　　新鲜劲早已过去，柳嘉迈着石
头般沉重的双腿爬到山顶时，太阳
已经升上天空，他一屁股跌坐在地
上，再也不想站起来了。

　　"那个，石头峰！"原石狸伸手
指向前方，仍然像刚出发时那样，浑
身精神抖擞。

　　"唵。"易天爵叉着腰站在他旁边，
轻轻喘着气。

　　柳嘉喘着粗气，朝原石狸手指的方向看去，
视野顿时开阔，长途跋涉积累的疲乏瞬间消散了。

　　蓝色帐幔般的天空下，绵延的山岭在雪白云朵间
若隐若现。

　　一条河流仿佛银链般从山岭上垂落而下，穿过金绿相间的
斑斓平川，流向一片淡紫色树林。在柳嘉目光的尽头，是一座
被群岭簇拥着的孤峰，正是他们在飞船上看见的那一座。

　　厚厚的云层此时被风吹向了一边，柳嘉清晰地看见直指天

际的峰尖上有一处背靠山石的平顶，它仿佛象征权力的王座一般，高傲地屹立在这片大陆的最高处。

　　"那里曾经是石头城。"原石狸指着孤峰上的平顶，"老族长说，很多年以前，塔兰大陆的所有氏族都住在那里，和平相处。"

　　"那后来呢？"柳嘉好奇地问，往嘴里塞了一把路上采摘的野果。

　　"是大酋长的命令。"原石狸沉重地叹了一口气，"突然下雪了，一个天神降临。大酋长听从天神的话，把所有氏族都赶出了石头城。后来，一、二、三……再过一年就召集一次的塔兰勇者大赛，也就开始了。"

　　"对了，那个什么比赛，去了比什么？"柳嘉一边问，一边驱赶几只想来抢夺野果的火红大鸟。

　　"不知道。"原石狸摇摇头，"此前参赛的勇士，没有人回来过。"

　　"那为什么要去？不去不行吗？"柳嘉惊讶地问。

　　"天神会按比赛的结果，让氏族贡献祭品。"原石狸沮丧地说，"原石氏族因此死伤了很多族人。"

　　"也就是说，这个比赛是用来压迫你们的工具！"柳嘉瞪大眼睛惊呼。

　　"什么是压迫？"原石狸纳闷地瞟了柳嘉一眼，想了想，目光回到了易天爵的身上，"老族长说，唯有忍耐，塔兰人才能活下去。"

　　"唵。"易天爵眉头紧皱，点了点头，"知道了，把你的毒箭

藏好。我可是天降勇士，绝不逃跑。"

"多谢原石猴大人！"原石狸开心地大声说，和易天爵一起自信满满地朝石头峰眺望。

柳嘉像个多余的人杵在一边，不服气地吃完最后一把野果，"哼，小瞧我。我要是想跑，你追得上吗！"

稍事休息后，三名原石勇士走下了山坡，来到了山脚下的小河边。

原石狸轻车熟路地从一堆厚厚的草丛里，拉出一条细长的独木舟，示意柳嘉和易天爵坐上去。

独木舟沿着河岸顺流而下，四周美景让他们目不暇接。碧绿通透的河水之上，有一队比独木舟还长的水母，像天上飘下的云絮一般，闪着通体银光，摇摆着飘逸的长长触须，乘风轻盈地往前飞去。

两岸亲水植物也都无比巨大，伸展出的紫树叶在阳光中摇摆，仿佛闪耀的矿石。长着火红球形花朵的不知名植物，在茂盛的碧草间忽明忽暗。孔雀翎毛般紫红相间的宽大海芋叶就像一只只巨人的眼睛，在河岸边凝视着正从遗忘川上游漂流而过的一行人。

"那是什么？"

当一群大鸟拍打着翅膀呼啦啦蹿出树林时，柳嘉惊奇地指着上方两个缓缓飞来的巨大球体，它们就像太阳一般闪着金光。

原石狸和易天爵一起转头看去，发现两颗"太阳"的金色光泽正像一缕飞流般垂落而下。

"轰隆隆!"

几秒钟后,遗忘川河岸的静谧毫无预兆地被震耳欲聋的爆炸声打破了。

滚滚浓烟从树林里升起,一阵阵痛苦的呼叫声让柳嘉浑身的血液都快凝固了。

"救、救救我!"

一个脸上涂满蓝色花纹的小猫脸人,满身伤痕地从荒草中爬了出来,向独木舟上的三人招手。

柳嘉还没来得及回过神,负伤的猫脸人忽然发出一声惨叫,被一股看不见的力量向后拽走了,只留下凄惨的哭喊声在河岸边回响。

"这是怎么回事?"柳嘉从僵硬的喉咙里挤出声音,悠哉的心情一扫而空。

"是天神降罚。"原石狸眉头紧皱,悲愤地低声回答,"那是

姆石氏族的人，没有男人了，接连几次比赛，她们都派不出勇士，所以被天神降罪了。"

"降罪的意思是？"柳嘉冷冷地睁大眼睛。

"灭绝。"原石狸悲痛地低下了头。

"什么狗屁天神，比雾莲街会放屁的老妖婆还恶毒。"易天爵愤愤不平地怒吼，"看我把他赶回天上！"

"原石猴大人，别说话！"原石狸紧张地压低声音，"很久以前，石头城里最强大的蛮石酋长也这么说过，很快，就被消灭了，我们这么弱小，打不过天神大人。老族长说得对，为了活下去，我们还是忍耐吧。"

易天爵若有所思，低声咒骂几句后，不再说话了。

柳嘉回头看去，发现树林上方滚滚的浓烟中，刚才那两颗"太阳"的光泽已经褪去，显现出两个深棕色的金属球体。

不仅如此，金属球体正在往中间压缩变形，最后组合成一个梭形的航天器，尾部喷射出刺目的红光，朝树林的另一边快速飞走了。

易天爵也看到了这一幕，两人神色变得异常凝重起来。这时，柳嘉腕上的乾坤手环振动，显现出一条简短的留言：

我和雪狼者已经到达石头峰，神庙前见。

智火者

清爽晨风带着植物的甜香拂过柳嘉的脸庞。

经过一夜跋涉，他们终于攀上孤峰，到达石头城。其他氏族

73

参加比赛的勇士早已聚集在破旧的城墙前。柳嘉混在人群中，小心翼翼地悄悄观察。

这些人都长着一张狸猫脸，盘着毛茸茸的尾巴，高矮胖瘦不一，有的头顶插着色彩鲜艳的羽毛，有的身后背着竖琴般奇怪的乐器，还有的穿着用各种树叶做成的衣服。

更奇怪的是，有人把脸涂成一半黑一半白，或是戴着一米多高的木头面具。

穿过三三两两互相议论的人群，柳嘉一行人来到石头城废墟的正中央。

许多猫脸人正虔诚地跪倒在一个由几十块粗糙岩石搭建成的石阵前，膜拜着石阵上悬浮的一个灰白色金属建筑。

柳嘉难以置信地揉了揉眼睛，再次确定那是一个巨大的幽浮！

"快跪下，这里就是石头神庙，天神的洞穴。"原石狸压低声音，硬拉着一脸震惊的柳嘉和易天爵跪拜在人群中。

趁人不注意，柳嘉稍微抬头向前张望。

石阵上的幽浮有六七层楼高、百余米宽，像是一个被压扁的汉堡。

幽浮顶部和底座上嵌满了金属架，中间是数层格子状的圆形透明舷窗。另有七八个梭形的飞行器，像花瓣一般悬浮在幽浮旁边，缓缓旋转，发出嗡嗡的声响。

"羽石氏族向天神献礼！"头上插着羽毛的三个猫脸人，举起双臂对着幽浮高呼，其他的猫脸人也都跟着有样学样。

"顽石氏族！""黑石氏族！""炉石氏族！""药石氏族！""巨

石氏族!"

不一会儿，幽浮底座降下一个灰色金属圆盘，闪着蓝色莹光。

报名完毕的氏族勇士们接连起身，站上了圆盘后，圆盘便缓缓悬浮上升，将他们运输进幽浮里。

"快到我们了……"原石狸声音发颤。

剩余的氏族勇士已经不多了，柳嘉焦急地伸长脖子四处张望，寻找戚梦萦和罗西的踪影。

咕隆！咕隆！

一块岩石突然滚到原石狸脚下，随即一道白色"闪电"从岩石块下的地道中蹿出，将原石狸扑倒在半空。在周围猫脸人惊讶的目光中，原石狸敏捷地从背后藤筐里掏出一个莲蓬大小的马蜂窝，朝白色"闪电"砸去。谁知白色"闪电"竟撒手，又飞快钻回岩石下的地道里。

砸在地上的马蜂窝喷涌出一群像花生般圆滚滚的马蜂，烦躁地嗡嗡叫着，朝柳嘉和易天爵飞扑了过去！

"牙石熊，你又乱来了。"一个纤细却充满威严的声音在旁边响起。

柳嘉和易天爵手忙脚乱地赶走了马蜂，转头看去，发现四个戴着奇怪面具的猫脸人正站在一块巨大岩石上，高傲地俯视着他们。

白色"闪电"从地道里探出头，他也长着一张猫脸，毛发间有着豹子一般的浅棕色圆点，圆溜溜的眼睛正打趣地看着原石狸以及被马蜂骚扰后一脸郁闷的柳嘉和易天爵。

"石头，好玩。马蜂窝，不好玩。蠢蛋，好玩。"

"可恶，什么人?!"易天爵暴怒地扯下头顶上因和马蜂恶战而变得乱糟糟的树叶头环。

"牙石氏族，牙石蜜。"巨石上声音纤细的小矮个摘下蛋壳面具，露出一张浅蓝色的脸，绿松石般的大眼睛闪闪发亮，棉花糖般蓬松的亮银色尾巴轻轻摇晃着，"原石狸，我听说过你。你真的会数数?"

原石狸满脸通红，却毫不犹豫地掏出绳结:"1——2——3!"

一片惊叹声中，牙石蜜冷傲的目光微微闪动。

旁边的小矮个粗暴地朝岩石上啐了一口唾沫，抡起手中的一柄石斧，把他摘下来的圆形木板面具劈成了两半，然后指指牙石蜜，再捶捶自己的胸口，淡绿色的脸上朝原石狸露出恐吓的表情:"牙石锤!"

原石狸惊吓得眼睛缩成了两颗小黑豆。

接着，旁边的两个小高个儿也报出了他们的名字"牙石雪狼。""牙石火舞。"

"雪狼，火舞!"柳嘉的眼睛一亮，"难道你们是?"

"哼!装神弄鬼。"易天爵不屑地撇撇嘴。

戚梦萦缓缓摘下自己的面具，长发在风中飞扬，精致白牙头饰垂坠在光洁的额头上，仿佛初入凡间的精灵般美丽。而罗西用灰蓝色眼睛打趣地看着柳嘉和易天爵，胸前垂着一串长长的獠牙项链，正单手潇洒地致礼。

"戚梦萦! 罗西!"柳嘉恨不得冲上前去拥抱他们。

"原石猴大人、原石菜，你们以前认识吗?"原石狸好奇地问。

温馨的重逢气氛戛然而止，牙石部落的三个猫脸人纷纷用挑瓜选菜般的目光上下品鉴柳嘉。

"原石菜？"罗西坏笑着挑起一边眉毛，"口哨，看来你的经历，很不一般。不得不说，你的搞笑天赋，一直是我的菜。"

柳嘉郁闷地嘟起了嘴。

"现在不是说笑的时候。"戚梦萦伸手指向幽浮，灰色圆盘

正在缓缓降落，"任务紧要，快走吧。"

柳嘉被猫脸人推挤着站上圆盘，紧张得心都跳到了嗓子眼。

圆盘稳稳上升，幽浮底座就像绽放的花朵般，缓缓张开一道圆形金属门。

没过多久，他们便被带到了一片黑暗之中。

气氛紧张极了，忽然，周围的空气开始快速流动，伸手不见五指的黑暗中竟闪烁起奇异的光彩，无数的星辰开始在他们周围璀璨闪耀，铺洒向没有尽头的边际。

十几颗色彩不一的巨大星球，在他们的头顶上方、遥远的四周，甚至是脚下缓缓地转动着。

一片片色彩绚烂的星云慵懒地浮游，渐渐变化成不同的形状，将周围的黑暗空间晕染成紫色、蓝色还有红色，仿佛是立体的油画一般。

柳嘉和其他人一起悬浮在这个一望无际的宇宙空间里，惊奇地四处张望。

这时，一个神秘的身影慢慢浮现，有若天神般威严，头上戴着椭圆形的金属罩，倒映星云的光辉。笔挺的黑色长袍裹住全身，缝合处有蓝光流动，闪烁着绮丽的光泽。

"欢迎勇士们，欢迎来到我的领域。"身影张开双臂，语调傲慢而又油滑，"我是伟大的墨特米西，来自墨里墨特星球，也就是你们所传颂的、崇拜的、独一无二的天神！"

猫脸人纷纷惊吓地跪倒在地上，大声颂赞起"神迹"来。

戚梦萦朝三位狩梦人使了个眼色，和猫脸人一起跪伏在

地上。

"啊哈，多可爱的塔兰人！"墨特米西像鸟一样得意地扇动了两下华丽的黑斗篷，"来吧，让我们来比赛吧。用漫长的时间和生命做赌注，进行一场蝼蚁般渺小、却意义非凡的比赛！"

"尊敬的天神，滚石氏族有话想说！"背着像竖琴一样乐器的猫脸人突然颤抖着站了起来，他身后还跟着两个一看就很摇滚范的同伴。

"当然，勇士们！"墨特米西用尽量亲切的语调说，"说出你们的名字！"

"滚石嚎！""滚石叫！""滚石喊！"

三人一一报出名字，声音响亮得就像三口同时敲响的铜钟。周围的猫脸人不得不捂住自己的耳朵。

"我、我们想知道，前几次参、参加比赛的滚石兄弟，在哪、哪里……"滚石嚎惧怕得声音发抖。

"我们，希望，他们，回家。"滚石喊一边有节奏地摆动身体，一边念念有词。

猫脸人纷纷跟着节奏摇摆起来。

"饶舌念得不错。遗憾的是，你们的滚石兄弟恐怕回不了家。"墨特米西高声感叹，"他们奉献自己，为伟大的墨特米西天神——也就是我的研究，做出了重大贡献。不过，如果你们坚持，可以带走他们的遗物。"

"他们，全都死了？"滚石叫激动地问，牛毛裤腿在不停抖动。

"死？"墨特米西放声大笑，"在墨里墨特星球，我们称之为'无'，这是'有'的开始。他们的'无'是有价值的，为我的'有'

做出贡献。"

"为您贡献，必须要付出生命吗？"

"请放过我的族人吧，天神大人！"

"放过？"墨特米西呷着嘴摇了摇头，"愚蠢！智慧地看待'无'，参加比赛，配合我的研究，你们卑贱的生命也就有了意义。"

猫脸人惊慌地骚动起来。

而墨特米西却得意地俯视着所有人，就像欣赏于绝望处挣扎的蚂蚁。

这时，滚石嚎突然拿起背上的竖琴在地上坐了下来，幽幽拨动琴弦，在浩瀚无际的宇宙星辰间，滚石氏族三位勇士忧伤的歌声静静回响，仿佛在哀悼逝去的同伴和自己的命运一般。

一块旧石头，经过多少人的手，才能称得上有用？

一个塔兰人，尝过多少次雪落，才能沉睡在永恒？

遗忘川沸腾，像在哭泣，

为我的亲人。

一片蓝树叶，飘过多少座山野，才会坠落化春泥？

一道黎明光，穿过多少个黑夜，才能照耀在塔兰？

大酋长树静默，像在等待，

为我的新生。

猫脸人受到歌声的感染，纷纷从地上站了起来。

他们聚在一起，悲痛欲绝地怒视着墨特米西，并且随着音乐的节奏，用力地跺起了脚，以示对天神的反抗。

"放肆。"

眼看局势变得越来越紧张，一个老朽的声音突然穿透歌声。

随即一道闪电从天而降，猛地击中了滚石三勇士，他们就像石像般轰然倒地。歌声和跺脚声戛然而止，猫脸人的眼中充满了惊惶，几个胆小的猫脸人顿时跪了下来，向天神请罪。

"多么令人遗憾哪!"墨特米西仍在感慨，一个透明的圆球适时出现在他的身边，"蠢货们胆敢干扰比赛，很好，取消滚石氏族说话的权利。"

圆球中浮现出一处丛林的影像，两个棱形飞行器突然出现在滚石氏族领地的上空，向下发射出一束金光。

眨眼间，领地灰飞烟灭，猫脸人哭喊着四处逃窜，渐渐失去了生机。柳嘉瞬间明白在遗忘川漂流时，他们旁边的树林里究竟发生了什么，身上不由得冷汗淋漓。

罗西哼了一声，眼中闪烁着冰蓝的莹光。

易天爵愤怒得咬牙切齿，握紧拳头便要冲上前去。

戚梦萦赶紧拦下他们："别冲动，不能让梦魇灾难升级。"

所有的猫脸人都愤怒极了，但却敢怒而不敢言。

看着眼前乱成一团的情形，墨特米西无奈地摇头："很好，正式比赛前，我的勇士们需要一些规则和教养上的辅导。"

他用力一挥斗篷，四周壮丽的宇宙虚影出现一个个透明的大洞，像消融的冰雪般迅速退散。

1分钟后。

所有人站在一间电影院大小的椭圆形阶梯教室里。柳嘉震惊地四下观察，周围的猫脸人一片困惑而又惊讶哗然。

这是一间古旧的阶梯教室。

高高的天花板上摹绘着色彩斑驳的壁画，深棕色木头梁柱上雕刻着繁复的花纹。正面黑板上方的墙面上，密密麻麻悬挂着几排镏金画框，展示着各种神奇的生物。

"无礼的蠢东西们，快去座位上坐好！"起初那个老朽的声音突然大喊。

所有人朝讲台的方向看去，发现一个戴着始祖鸟头骨面具，披着灰白色羽毛长袍的人。她佝偻着背，看起来年纪很大了，然而让所有人害怕的是，在她握着的那根雕花木头的手杖上，镶嵌的紫色锥形晶石正闪耀着夺目的电光。

"怎么，想变成石头吗?!"老妇人用力跺了一下手杖，晶石里的电光晃动得更激烈了。

醒过神来的猫脸人赶紧跑去讲台正前方的座位坐下。

这是一圈圈阶梯状环绕的深褐色木质桌椅，表面还泛着一层淡淡的老旧油光。趁猫脸人还疑惑该如何在凳子上放好尾巴时，柳嘉悄悄打量起位于教室两侧的二楼镂空空间来。

那里坐着十几个戴着椭圆银色头罩，穿着银色宇航制服的小矮人，他们像一群看话剧的观众般，悠哉地注视着教室里的众人。

"别吓着他们，我亲爱的助教，蛮石祭司。"墨特米西优雅地摆摆手，"现在，先让我们愉快地点名，然后……"

"顽石姜！顽石葱！顽石蒜！"老妇人拿起一个大大的纸卷，不等墨特米西说完便大声念起来。

三个戴着一米多高木头面具的勇士大声应答。坐在二楼两侧观众席上的"宇航服小矮人"，头顶的迷你雷达纷纷发出嘲笑般的"哔哔"声，面罩上跳动着心电图般的波纹显示他们是外星学生。墨特米西尴尬地扇动了一下黑斗篷。

"炉石宅！炉石废！炉石锅！"

10分钟后，蛮石祭司终于报完了所有参赛勇士的名字，她已经累得气喘吁吁了。

柳嘉的心紧张得扑通直跳。

"棒极了！我的勇士们，除了愚蠢的姆石和滚石，全员到齐！"墨特米西夸张地伸出双臂，"我的规则非常简单。只有胜利与失败！至于在比赛中途逃跑的人……"墨特米西故意停顿了一下，透明圆球再次出现，绕着他缓缓旋转。

"大家都看到了，对滚石一族的惩罚，就是逃跑者氏族的下场。太好了！现在由伟大的墨特米西宣布，第十届'塔兰勇者大

遗忘川上的风

赛'，正式开始！"

　　所有的猫脸人全都默不作声，而外星学生们则热烈地鼓掌。

　　"我有一个计划。"柳嘉耳边突然响起戚梦萦压低的声音。他转过头去，发现戚梦萦、罗西和易天爵的眼中，都闪烁着异常坚定的目光。

　　"荒诞的恶人组织的荒诞比赛，我们一定要彻底摧毁！"

第六幕 结束

梦域空间

与塔兰
幽浮魅影

ACT
07

第七幕

 勇士之殇

"哔啵，哔啵……"

一阵电波声过后，柳嘉感觉脚底微微震动了一下，他低头看去，发现阶梯教室的地面慢慢变得透明，并且缓缓升空。几分钟过去，石头城废墟的景象便一览无余了。所有猫脸人都惊吓得爬到了桌面上，像受惊的小猫般夹紧着尾巴，匍匐着探出头往下看。

"别担心，出征的勇士们！"

"众所周知，赫尔墨梯形教室Ⅲ型是一架敞底幽浮，为了租借它，我可用了不少门道。"墨特米西扬扬得意地说，"当然，我能成为墨湖大学的骄傲，靠的可不是炫耀物质，而是真正的

85

才华!"

二楼的外星学生们发出一阵"哔哔啵啵"的反对议论声。

"哼!大话精,竟然有比你更爱说大话的人。"易天爵不屑地皱眉冷哼,柳嘉不满地嘟起了嘴。

"很好!比赛前,让我们略做准备!"

墨特米西敲击电子黑板,上面显示出一张斑驳的地图,用水印标记着"塔兰生物图鉴",画面中央是一座陡峭的山峰,附近标注着各种奇怪的动物。

地图上,一条橙色虚线正从山峰处往左延伸。

而此刻在幽浮之下,塔兰的山水也随之缓缓移动。当地图上的线条连接到一只长着金鱼尾巴的怪鸟身上时,幽浮也在一大片五彩斑斓的石林上空悬停了下来。

"是樱空龙!"

原石狸盘腿坐在柳嘉旁边的课桌上,低头看着正趴在石林中那一大片石头窝里的奇怪动物,小声地说。

这些动物身躯有两米多长,头长得像鳄鱼,身上披着蓝绿红三色相间的羽毛,尾巴和翅膀都是半透明的,并且色彩绚丽。柳嘉大致数了数,至少有三十几只。

"喊,又是鸟。"易天爵似乎想起了什么,烦躁地龇着牙。

牙石锤兴奋地握紧了手中的石斧,就像随时准备劈倒那些竹笋岩石一般。牙石熊也上蹿下跳,恨不得马上刨个洞跳下去!

"樱空龙蛋,美味!"

"樱空龙,不好惹。"牙石蜜认真地看着岩石下方干草堆上那些彩色的蛋。戚梦萦默默地点了点头,只有罗西默不作声地

盯着最高处岩石上那颗白色的巨蛋，眼中闪着好奇的光。

"这张地图摘自拙作《塔兰生物的经济价值》！"墨特米西得意地说，"第一场比赛，请各位勇士前去悬霆峭壁，把樱空龙的蛋带回来，以便我为亲爱的学生们讲解美食课程《墨特流龙蛋的 100 种吃法》。"

"比赛规则，末位淘汰。"蛮石祭司干巴巴地宣布，用力跺了一下手杖，晶石电光闪动，猫脸人害怕地缩起了脖子，"拿到最少龙蛋的氏族，将被淘汰！"

"好的，现在是准备时间，去吧！"墨特米西悠然自得地挥了挥手。

柳嘉、易天爵和原石狸挤在人群中，乘坐灰色圆盘缓缓降落。

"先赢取这场比赛。"戚梦萦悄声对旁边三位狩梦人说。

"废话。"易天爵不以为然地冷哼。

罗西高傲地扬起了下巴，"夺取第一，可轮不到你们。"

"不一定。"柳嘉翘起一边嘴角，抬了抬眉毛，"隔空取物的话，我八爪者自认第二，没人能排第一！"

"这正是我想说的。"戚梦萦严肃地扫视了三人一眼，"不到万不得已，不要使用狩梦技能，以免打破平衡，导致梦魇灾难升级。"

在柳嘉失望的叹气声中，圆盘降落到了石林的入口处。

猫脸人四散开去，小心翼翼地观察岩石下的樱空龙。一些猫脸人像准备扑食的猛虎般四肢着地趴着；有的则开始攀爬旁边的岩石、居高临下探查地形；还有的就地蹲下捣鼓着什么，似

乎在准备工具。

"偷龙蛋，不是一件容易的事。"一个贼兮兮的声音让柳嘉吓了一跳。

他转过身，发现一个瘦骨嶙峋的猫脸人，正贼眉鼠眼地打量自己。

"你是碎石氏族的？"原石狸警戒起来。

"别紧张，我是碎石汤。"碎石汤用圆溜溜的小眼睛在易天爵的身上逡巡，"大家暗地里都说，原石是最弱的氏族。我好心提醒，不管体格还是人数，你们都比不过，如果不另想办法……"

"哼。要你管。"易天爵望着岩石上方最高处，眼睛里仿佛闪烁着几个硕大的字——最佳狩梦人。

"没错！"柳嘉自信地抱起手臂，站在易天爵身边，"我们会让所有人大吃一惊！"

"那我等着瞧。"碎石汤冷笑着打断柳嘉，转身离开了。

"我不喜欢那个家伙。"看着碎石汤走远的背影，柳嘉不满地说。

"整个塔兰大陆，没有人喜欢他。"原石狸正色道。

五个电子观影屏幕出现在石林上空，墨特米西以及他的学生宇航服小矮人的影像一一出现在屏幕中，俯视着石林里的猫脸人。

"准备好了吗？勇士们！现在我宣布，比赛正式开始！"墨特米西打了个闷闷的响指。

几只樱空龙"呱呱"叫了两声，似乎嫌太吵。

猫脸人开始行动了。他们拿着木棍、石头、树藤，从四面

八方小心翼翼地接近体形硕大的樱空龙。

走在最前的是顽石氏族三人组，他们悄悄匍匐在一个位于最外沿的石头巢穴旁。

樱空龙还在低头呼呼大睡，顽石葱伸出手，敏捷地将露在外面的一颗蛋掏了出来，递给了旁边的顽石蒜。而当他刚拿出第二颗蛋，墨特米西突然大叫起来。

"顽石氏族得手了！行动迅疾无声，好样的！不过，孵蛋的樱空龙似乎反应有些迟钝呀。"

外星学生们发出一阵喝彩般的"哗哗"声。

咔嚓！

顽石蒜被突如其来的喊叫吓得一抖，手中的蛋掉在地上砸得粉碎。

所有人都朝他看了过去，包括原本在巢中瞌睡的樱空龙。它睁开眼睛，恶狠狠地瞪着顽石三人组，张开嘴露出锋利的尖牙，"呱呱"咒骂起来。

石林中其他的樱空龙纷纷应声站起，杀气腾腾地扑打着鱼鳍般的翅膀，像一群擦亮刺刀的武士。

柳嘉看到它们眼中闪着寒光，伸展开庞大身躯，在猫脸人的身上投下一片巨大阴影。

"哎呀呀，真是不小心。"墨特米西幸灾乐祸地评点，"不过樱空龙醒了，对我们的课程体验倒是一件好事。"

"吼！"

三个彪形体壮的猫脸人见状，索性大叫着挥舞棍棒朝樱空龙冲了过去。其他猫脸人有的冲、有的逃，还有的不停朝樱空

龙扔奇怪的弹丸，炸出一团团黄色烟雾。

　　整片石林瞬间乱作一团，尘土和羽毛纷飞，猫脸人的呐喊声和樱空龙的怒号交织在一起。

　　"是巨石氏族的强森、泰森和汉森！他们选择和樱空龙一对一地摔打！"墨特米西在观影屏幕中继续直播讲解。柳嘉发现三个大块头就像在比赛拳击，手上绑着厚厚的草团，和樱空龙扭打在一起。

　　而不远处头插羽毛的羽石氏族，竟然用木棍和藤条做了几个像羽毛球拍般的道具，一边躲避着樱空龙的追赶，一边用"球拍"互相抛接传递偷到的龙蛋。

　　"黑石氏族成员掏出大量贝壳钱币，正在积极地收购龙蛋，真是狡猾。不过很遗憾，樱空龙不喜欢贝壳，它咬住了黑石氏族的人！黑石计划破产！同学们，请记录下来，对野蛮生物来说，金钱毫无价值。"

场面有些混乱，柳嘉担心地四处搜寻着戚梦萦和罗西的身影。

在漫天羽毛和烟尘中，牙石熊已经在好几个石头巢穴附近挖掘了地道，戚梦萦正和牙石蜜将龙蛋往地道里搬运，罗西和牙石锤则负责引开想阻止他们的樱空龙，配合默契、漂亮极了！

"看啊，云石网在岩石中拉起一张巨大的藤网，云石藤高高地跳起，把偷到的龙蛋扔给藤网另一边的云石布！樱空龙朝他们冲了过去！但撞在了网上！云石氏族龙蛋到手！"

观影镜头里，墨特米西激烈高呼，而蛮石祭司则在幽浮教室的黑板上将各个氏族的关键信息记录了下来。

"此外，我很想知道，药石草和药石叶往樱空龙的嘴里扔了些什么，那几只龙竟然在呕吐！

"羽石氏族除了偷龙蛋，居然还在收集羽毛！真是浑水摸鱼！

"炉石氏族一颗蛋都没有拿到，因为他们正在用树叶打牌！

"同学们，记下来，快！小小的塔兰人可真是神奇！"

"哔哩哔哩啵啵。"外星学生们发出一阵嘲笑般的声音。

"哼，现在该我们登场了。"易天爵低声说。

"是，原石猴大人。"原石狸从腰后掏出两个马蜂窝，"我在前面探路，您跟在我身后。必要时，原石菜可以当诱饵。"

"我可全都听见了！"柳嘉生气地大喊。

"噢！看看，那是谁！"墨特米西突然大喊，"原石氏族！我几乎忘记了他们的存在。原石，本届比赛最弱的氏族之一。只顾着逃跑，完全没有考虑抢龙蛋。难道他们想放弃比赛吗？"外星学

生们发出一阵嘘声。

　　柳嘉跟在原石狸和易天爵身后飞奔，一只想要攻击他们的樱空龙一脚踩在原石狸扔下的马蜂窝上，被马蜂蜇得乱叫着逃窜。可惜蜂刺的效果并不持久。

　　不仅如此，他们还彻底惹恼了樱空龙群。到最后，樱空龙愤怒地呱呱大叫着，连地面都被踩得颤抖！

　　"为什么只追我们？这不公平！"柳嘉一边狂奔，一边不满地捧着扭曲的脸大叫。

　　"真是壮观啊！原石氏族的勇士们吸引了绝大多数樱空龙，间接帮助了其他氏族。好人啊！他们的下场一定会特别悲惨！"墨特米西感慨地叹了口气。

　　柳嘉和易天爵、原石狸绕着石林跑了一大圈，最后偷偷钻进一个石洞里，躲在岩石壁后。而樱空龙则受惯性所限，继续往前追远了。

　　柳嘉等人终于能喘口气，但樱空龙蛋几乎没有了，更大的问题出现在柳嘉眼前，那就是，想要反败为胜只能去偷崖顶上的巨蛋。

　　柳嘉很快便有了主意。他让原石狸在岩石下多放一些马蜂窝，以防万一，三人往岩石上攀登起来。

　　当他们费尽体力地爬到岩石顶端时，便立刻后悔了，一只巨大的始祖鸟正蹲在草叶筑造的巢穴里，一颗南瓜那么大的蛋在它的身下闪着淡淡的莹绿色光芒。

　　"哎呀呀，哎呀呀！"

　　另一边，墨特米西在观影镜头前幸灾乐祸地大叫："据我了解，始祖鸟堪称塔兰大陆的鸟类之王。如果能把这颗蛋带回来，那这一场比赛的冠军非他们莫属了！但是，这可能吗？"

外星学生们发出"哗哗"的打赌议论声。

巢穴里的始祖鸟一边孵蛋，一边凶神恶煞地瞪着柳嘉三人。

"可恶，又是它。"易天爵郁闷地撇了撇嘴，"大话精，我来挡住鸟，你们去拿蛋，看我再拔下它几根毛！"

柳嘉偏头看了看在鸟巢杂草中仰头看着自己的原石狸，艰难地点了点头。

易天爵双手叉腰，威风凛凛地站在始祖鸟面前："想不到吧，我又来了！上一次，你可输得真难看！"

始祖鸟似乎接受了易天爵的挑衅，愤怒地仰起头长啸一声，从鸟巢中站了起来。

一双橙红色的眼睛死死地盯住他，浑身上下每一根翎毛都闪烁着锐利的光，比珊瑚还要粗粝的牙齿磨得"咔咔"直响。

易天爵像是逗猫棒上的小球，灵巧地挪动着，吸引它的注意力。而另一边，柳嘉在背后抹上原石狸交给他的黏黏蜜，趁机猫着腰绕到巨鸟视线的盲区，将那颗蛋粘在背上。

等完成这一系列动作后，柳嘉赶紧带着原石狸准备爬出这个深穴，却发现用来筑造鸟巢的荆棘格外刺手，无法徒手攀爬的两人只能另想办法。

柳嘉屏住呼吸，像壁虎般攀附在岩石上，小心翼翼地向石壁下爬去。

他每过一会儿便看一眼越来越近的地面，心跳声猛烈得像

是有一根鼓槌在用力地敲击着胸口。

忽然间，头顶刮起了一阵疾风，柳嘉抬头望去，发现竟是另一只始祖鸟回巢了，并且正怒不可遏地朝自己飞来。

柳嘉像只受惊的老鼠般，加速往下爬去。突然，他感觉脚底踏空，身体瞬间不受控制地向后摔了下去！

完了！鸟蛋要摔碎了，柳嘉在心里哀号，害怕地闭上了眼睛。

几秒钟后，蛋壳碎裂的声音并没有如他预料的那样响起，他感觉自己的身体似乎被什么紧紧地抓住了。

当他轻轻睁开眼睛，发现竟是那只始祖鸟用利爪钩着他的肩膀和腰背，挥动翅膀悬停在半空中。始祖鸟和柳嘉不约而同地稍稍松了口气。

接着，它的目光再次变得凶恶，呲出锋利尖牙，朝柳嘉撕咬过来。

"现在，绝对到了万不得已的时刻！"柳嘉惊慌失措地大喊，"朦胧术！"

一团黑雾从他的皮肤里喷薄而出，很快便将他和鸟蛋完全包裹了起来。

柳嘉感觉自己的身体像空气般穿过了始祖鸟的利爪，如棉絮般轻飘飘地向地面落去。

始祖鸟茫然地惊叫一声，挥动翅膀飞走了。

落到地上的柳嘉气喘吁吁地收起朦胧术，从黑雾中显形。

驱赶着马蜂的原石狸目瞪口呆地望着他，两颗眼睛再次变成了小黑豆般茫然地眨巴着。

"不用惊讶，其实，我也是天降勇士。"柳嘉得意地耸了耸

肩膀。

当他看到戚梦萦和罗西朝他的方向跑来，赶紧站起身收起骄傲的表情，否则他又要挨批评了。

此时，易天爵也三步并作两步地爬下岩石，跳到柳嘉身边，他的脸上和身上多了几道伤痕，但他似乎并不太在意。

"柳嘉！易天爵！"戚梦萦气喘吁吁地打量了一下他们，严肃的脸上渐渐浮现出一丝笑意，"干得漂亮，所有氏族都完成了这场比赛。"柳嘉松了一口气，开心地笑了起来。

"哼，拿颗鸟蛋，有什么稀奇。"易天爵鼻孔朝天地抱起手臂，脸上露出无比骄傲的神情。罗西站在柳嘉的身后，用手指对始祖鸟蛋好奇地敲敲打打。

"太精彩了！第一场比赛结束！"

石林之上传来墨特米西兴奋的高呼声，所有猫脸人气喘吁吁地抬头望去，发现光影屏幕中的墨特米西和蛮石祭司以及外星学生们都在热烈地鼓掌助威。

失去了蛋的樱空龙群，仍在愤怒地攻击着周围的猫脸人。

悬停在半空中的幽浮突然从底部喷射出一团绿色的烟雾，樱空龙群就像突然断电的机械鸟，一只接一只地倒在地上，不再动弹。

"这是我特制的麻痹药剂，对人体有害。"墨特米西得意地炫耀，"精彩的表演！现在，我的勇士们，回城！"

猫脸人平复下心情，陆续朝降落的灰色圆盘悬浮电梯走去。

四个狩梦人互相使了个眼色，也都跟了上去。

一个身影落在猫脸人群最后，阴郁地冷哼了一声："哼，竟

然让他们拿到了巨蛋！不过，让我意外发现，原石和牙石氏族那几个怪人可不是普通的塔兰人，得去向天神大人报告才行。"

柳嘉一行乘坐悬浮电梯回到幽浮时，已是傍晚时分。

紫红色的夕阳下，一直嵌在幽浮四周的梭形飞行器同时向下放射出一道圆形的光柱，将参赛勇士们夺得的"战利品"全都吸进了飞船里。

"他们会怎么处理这些龙蛋？"

柳嘉不安地看着正缓缓悬空的那颗硕大的始祖鸟蛋。

原石狸摇了摇头："不知道，记得一、二、三再加一年前的勇士大赛，他们把火奇鸟的蛋拿光了。去年，火奇鸟消失了。"

"弥姆羊、剑齿虎、峨眉象、麦粒鼠……"牙石蜜说着，突然难过起来，"天神让塔兰的动物一个个消失，连我们也是。"

牙石熊用毛茸茸的尾巴轻轻蹭着她的脸，似乎在安慰她。

"长老说，塔兰的天空，以前有许多始祖鸟飞翔。"牙石锤抑郁地握紧了石锤，"现在就只剩下那一只、一只又一只了。"

看着在夕阳下盘旋悲鸣的始祖鸟，柳嘉心中胜利的喜悦顿时荡然无存。

易天爵、戚梦萦和罗西的表情也都变得严肃起来。他们沉默地随猫脸人回到幽浮教室，墨特米西和蛮石祭司、外星学生们已经等候在教室里。

让参赛勇士们震惊的是，讲台上摆放着三个两米多高的圆柱形大玻璃罐，里面充满了汩汩冒着气泡的绿色液体。

黑石部落的三位勇士——黑石浑、黑石水和黑石空都被浸

泡在液体中，身上插满了红色的软管。

所有人目瞪口呆地看着三位黑石勇士在玻璃罐中痛苦挣扎，动作也逐渐变得缓慢下来。

没过多久，黑石勇士们便像沉睡了一般，静静地悬浮在绿色的液体之中。

柳嘉吓得两脚发软。

易天爵握紧拳头就要冲上前去，却被戚梦萦阻拦了下来。

"该死的墨特米西！让我想起了一个噩梦！"易天爵犹如困兽般低吼。

"他就是这个梦域碎片中的万恶之源。"罗西冷冷地翘起一边嘴角，"塔兰人在他眼中，只是数字。"

"不想被关进罐子里，就赶紧给我坐下，蠢材们！"蛮石祭司用力跺了一下手杖，刺眼的电光像蛇一样缠绕着紫色的晶石。猫脸人害怕地向后倒退，最终窸窸窣窣地缩在座位上。

"你们会害怕，我完全能理解。但没有惩罚的比赛，是不完整的。黑石氏族的三位勇士想要在比赛中投机，结果反而沦为最后一名。"

墨特米西笑眯眯地看着被柳嘉和戚梦萦硬拉回座位的易天爵，以及面带嘲讽的罗西，忽然提高了声音："不过，他们很幸运！在'生命力罐头 H 型'里，三位勇士将成为我最新研究的'生化人改造项目'的备用能量，这个项目剑指墨湖大学创新大奖！对渺小的塔兰人来说，这绝对是无上的荣耀。"

猫脸人害怕得大气不敢出。

讲台上的玻璃罐前，升起了十二个由悬浮的几何金属片构成的柱形高台。

台上的金属盘中，分别盛放着数量不等的樱空龙蛋，而最中央的金属盘上则放置着始祖鸟蛋，蛋壳上的绿色光芒已经变得黯淡无光了。

"首先，祝贺原石氏族！"墨特米西说着，幽浮的地面再次变得透明，被夕阳染红的塔兰山水在氏族勇士们的脚下缓缓移动。"他们拿到了这颗始祖鸟之蛋，成了第一场比赛的冠军！"

外星学生们的雷达纷纷转动起来，发出兴奋的"哗哗"声，但柳嘉和易天爵却无法高兴起来。

"其他氏族的表现，也很优秀！"墨特米西继续说，"值得一提的是，牙石氏族拿到的樱空龙蛋最多！"

牙石氏族的猫脸人默不作声，戚梦萦神情冷漠地思考着。罗西转过头，似笑非笑地看着柳嘉，指了指座位下方。柳嘉困惑地低头看去，发现幽浮透明的地板下，那三只绿色的始祖鸟正张开巨大的翅膀，紧随在幽浮的周围。

突然间，体形最大的始祖鸟振翅高飞，用身体重重地撞击幽浮透明的底部，但幽浮却纹丝不动，墨特米西仍在滔滔不绝地发表着对第一场比赛的见解。

柳嘉惊诧地睁大眼睛，拼命地摆手示意始祖鸟们赶紧逃走。

然而始祖鸟的撞击却越来越激烈，除了最大的始祖鸟，另外两只也开始轮番用身体、双爪甚至是头部，一次次地撞击着幽浮。

没过多久，幽浮透明的底盘抹上了一道道鲜艳的血痕，而

始祖鸟们也已经撞得头破血流、伤痕累累了，身上羽毛纷纷坠落。

难道，它们是来找回鸟蛋的吗？柳嘉震惊地暗自猜测。

"第一场比赛完美落幕！"墨特米西终于结束了他的喋喋不休，"我亲爱的学生们，请随我去二层用餐。各位勇士，我们第二场比赛见。"

"送天神大人！"蛮石祭司用力踩了踩手杖。几块暗紫色的流动金属帘幕缓缓降落，将讲台和教室两侧的外星学生座席完全遮挡起来。

不久，幽浮教室里就只剩下疲倦的氏族勇士们。

他们长舒了一口气，三三两两地聚在一起。

柳嘉望着幽浮下方仍在继续着自杀式攻击的始祖鸟，突然从座位上站了起来。

"柳嘉，我知道你想做什么。"戚梦萦坐在柳嘉旁边，压低声音说，"但贸然行动是不理智的。"

"我知道，可我必须把蛋还给它们。"柳嘉倔强地反驳，"这样下去，它们会死的！"

"你被盯上了，口哨。"

罗西冷冷地抬起下巴，在距离他们不远处，碎石汤正一边窥视他们，一边和另外两个碎石部落的猫脸人鬼鬼祟祟地商量着什么。

"哼，混球都长着同一副嘴脸。"易天爵恶狠狠地握紧拳头，恨不得能一拳砸穿幽浮，"如果能吸引大家的注意力，我们就方便行动了。"

"原石猴大人！还有原石菜。"原石狸自信地拍了拍毛茸茸的胸脯，"我可以！我能让他们都看着我。"

"我们也来帮忙。"牙石蜜、牙石锤和牙石熊凑了过来。原石狸的脸顿时涨得通红。

商定好作战计划，"归还鸟蛋小分队"开始分头行动。

牙石蜜和牙石熊走到讲台前方的空地上，在牙石锤和原石狸有节奏的击掌声中，欢快地跳起了草裙舞。

猫脸人惊艳地欣赏着牙石蜜优雅的舞姿，而牙石熊古怪的动作则把他们逗得大笑。

柳嘉趁猫脸人不注意，躲在课桌下发动了朦胧术。他藏匿在黑雾中朝讲台跑去，顺利地穿过了流动金属幕布。

空无一人的讲台上，三个可怕的玻璃罐不见了，但幸运的是，大部分樱空龙蛋和那颗始祖鸟蛋仍然安静地放置在金属盘上。

"对不起。"柳嘉歉疚地对樱空龙蛋们轻声说着，再一次用黏黏蜜将始祖鸟蛋粘贴在背上。

而当他走下讲台时，戚梦萦和罗西正站在幽浮教室后方，朝他悄悄招手，他们的旁边有一扇不起眼的窗户。

柳嘉飞快地跑到他们身边，从黑雾中显形后，将易天爵递给他的藤条系在腰上。

"大话精，我拉着你，不用怕。"易天爵拍了拍柳嘉的肩膀。

柳嘉紧张地答应了一声，看了看仍然在苦中作乐的猫脸人，赶紧抱紧始祖鸟蛋，硬着头皮爬出了敞开的窗户。

戚梦萦、罗西和易天爵佯装无事地将窗户围挡起来。

天色渐渐入夜，幽浮犹如一个巨大的汉堡，在万丈高空中缓缓飞行。

若不是有藤条紧紧拉着，柳嘉早就被呼啸的狂风吹到九霄云外了。他死死地抓住幽浮外的金属旋梯，顶住狂风艰难地往下移动。

始祖鸟仍然在幽浮下方盘旋追赶着，但它们似乎渐渐支撑不住了，距离越来越远，飞行高度也越来越低。

"嘿，在这里！"柳嘉焦急地朝三只始祖鸟拼命挥手，"我把蛋还给你们！"

始祖鸟们凄厉地长鸣，用尽最后的力气向前飞，在柳嘉的脚下哀泣盘旋。

柳嘉吃力地继续往下，体形最大的那只始祖鸟突然朝他飞了过来，柳嘉害怕地紧闭眼睛。

然而几秒钟过后，他发觉自己并没有遭到预想中的攻击。

柳嘉缓缓地睁开眼睛，发现始祖鸟只是紧跟在他身边飞翔，焦灼万分地盯着他背上的蛋。

"还给你。"柳嘉惭愧地大声说，"对不起，我并不是真的想把你的孩子带走。"

大始祖鸟仿佛听懂了柳嘉的话，温柔地"嘎嘎"鸣叫了两声，伸出尖利的长爪，小心翼翼地抓住蛋。

接着，它用长长的嘴巴从胸口处啄下了一片碧绿色的羽毛，递到了柳嘉手上，然后发出一声嘹亮的长鸣，带着那两只体形稍小的始祖鸟一起飞走了。

柳嘉看着手中沾着血渍的羽毛，心里既激动又难过。

他出神地眺望着在月光下飞远的始祖鸟，好一会儿才察觉到乾坤手环正在疯狂地振动，上面闪现出戚梦萦的留言：速返，紧急。

柳嘉打起精神朝窗户里爬去，很快便明白了戚梦萦呼叫他的原因——牙石氏族的三位猫脸人以及原石狸，为了吸引其他氏族勇士的注意力，已经用尽了浑身解数，此时已经黔驴技穷了。

看腻了舞蹈的猫脸人起着哄准备转身散去，原石狸猛然看见柳嘉从幽浮外探出了头，心急如焚地大喊："等一下，我会数数！"

猫脸人惊讶地重新集中注意力，原石狸利索地从身后掏出绳结，夸张地大声叫喊：

"1……"此时罗西和易天爵已经抓住了柳嘉的手。

"2……"柳嘉终于快被拽进窗户了。

"3……"猫脸人纷纷热烈地鼓起了掌,交口称赞。

"早就听说原石氏族有人会数数,果然名不虚传!"

然而此时,原石狸却脸色铁青,因为柳嘉竟然脚下打滑,又跌到了幽浮窗外,幸好易天爵和罗西紧紧拽住了藤条,才没有酿成惨剧。可是意兴阑珊的猫脸人又要起身散去了。

"等一下,还有!"原石狸赶紧大声呼喊,在其他猫脸人困惑的目光中,他指着刚绑好不久的绳结,像便秘一样满头大汗,浑身颤抖地憋出了一个数,"4!"

幽浮教室里沉寂了几秒,接着像点燃了焰火般炸裂、沸腾了!

"刚才他数出来了,数出来了!"

"我这辈子没白活!能看见塔兰人数这么多数字!"

"原石狸了不起!原石氏族棒!"

猫脸人激动地大声欢呼着,将原石狸高高举了起来。牙石蜜在人群外激动得眼睛闪闪发光。

"咻，塔兰人的文明又迈出了一大步。"罗西调侃地笑着。

"废话，也不看是谁教那小子数的'4'。"易天爵得意地叉着腰，完全忘了自己也被罗西这样特训过。

"这是他们见证历史的一刻。"戚梦萦的脸上露出淡淡的微笑。

"等一下！"柳嘉气喘吁吁地趴在地面上，刚才他差点摔下幽浮，现在仍心惊胆战、四肢发软，"我可是冒着生命危险在还鸟蛋，你们难道不应该更关心我吗?！"

柳嘉的抱怨被猫脸人的欢呼声彻底淹没了。

一直到很晚，幽浮教室里才渐渐地安静了下来。

柳嘉和戚梦萦以及大部分的猫脸人，都横七竖八地躺在透明的地板上睡着了。

易天爵盘着腿，警觉地坐在柳嘉附近，罗西仿佛不知疲倦般和炉石氏族的猫脸人玩起了树叶牌。没有人注意到，一个瘦小的身影溜到了阶梯教室前方，鬼鬼祟祟地消失在一扇隐蔽的门后。

位于幽浮第三层的蔚蓝色办公室中，墨特米西正坐在一张紫色光束拼接成的办公桌后，心不在焉地批改着一沓厚厚的生物观察论文。他的四周悬浮着十几颗像水珠般晶莹的圆球，其中一颗幽幽地闪烁着刺眼的蓝光，一个瘦小身影显现在了圆球里。

"天神大人，碎石汤有事禀告。"碎石汤虔诚地跪拜着，声音瑟瑟发抖。

"来得正好，我亲爱的塔兰小勇士!"墨特米西放下笔，看

向闪光的圆球，"希望你给我带来了好消息。"

"是的，天神大人。"碎石汤阴沉地回答，"您吩咐我暗中观察那几个无尾勇士，我认为他们绝对不是普通的塔兰人。其中一个有着非同一般的能力，另外几个可能也隐藏着深厚的实力，所以……"

"我需要准确的答案，亲爱的汤，千万别让我失望。"墨特米西背靠在椅子上，不太高兴地说，"别忘了当年的大酋长蛮石斧，别害怕！"

见圆球中碎石汤的影像又在颤抖，墨特米西笑着说："蛮石斧虽然有强健的身体，却没有你过人的机智。你只需要一点功绩，便足以胜任下一任塔兰大酋长，为碎石氏族带来荣光！"

"多谢天神大人！"碎石汤激动地跪拜，"弱小的碎石氏族多亏天神大人的爱护，才能在各个氏族中抬起头，碎石汤一定会努力的！"

不知道过了多久，柳嘉在一阵阵沉闷的海浪声中，睁开了惺忪睡眼。

他看见的不是幽浮教室里造型浮夸的天花板，而是一片白花花的天空，刺眼的阳光和热浪让他头晕目眩。

"这是什么鬼地方？"

易天爵闷闷的声音在柳嘉旁边响起。

柳嘉坐起身来，戚梦萦和猫脸人也都陆续苏醒，在石滩上迷茫地东张西望。这里显然不再是幽浮教室，而是一座五彩斑斓的珊瑚岛。

造型各异的珊瑚礁仿佛彩色森林耸立在岛屿之上。

岛屿周围是一片深蓝色的海域，罗西坐在不远处的褐色礁石上，握着不知从何处得来的黑色鱼竿，一边打着哈欠，一边悠哉地钓鱼。

"午安，我亲爱的勇士们！"天空中响起墨特米西油滑的笑声，柳嘉迎着猛烈的阳光抬起头，发现空中旋转成飞碟形状的幽浮，不知何时悬停在了他们的头顶上方。

猫脸人紧张地聚集在一起，而幽浮下方出现的光影屏幕中，墨特米西换上了奇怪的椰树花纹长袍，外星学生们有气无力地斜躺在他身后的沙滩椅上，将一种冒着气泡的紫色饮料灌进银色面罩上的一条小缝里。

"惊不惊喜？这里可是遗忘川尽头的浮游岛，它不但会游动，幻彩珊瑚礁林更是堪称美景！"墨特米西兴奋得手舞足蹈，"第二场比赛，你们只要在这里待一天，和它一起靠岸，就算结束。"

"这场比赛，活下来的就算赢！"蛮石祭司站在墨特米西身边，干巴巴地大声说，"至于想逃跑的蠢货，这就是下场！"

光影屏幕中的画风突然变换，显现出三个装满了莹绿色液体的玻璃罐，盐石氏族的三位勇士正神情痛苦地浸泡在其中。

浮游岛上的猫脸人发出惊恐的呜咽声，戚梦萦难过地捂着嘴巴。

柳嘉的脑海中不自觉地开始回放不久前盐石勇士与他和易天爵谈笑风生的画面，而易天爵更是低声咒骂。

"祝愿各位勇士，度过愉快的一天。"墨特米西的声音和光影屏幕一起消失在半空。紧接着，幽浮化成了一道白色的电光，

去向无踪。

浮游岛上的人们陷入了一片惊慌和沉寂。

忽然间，旁边的礁石上响起哗啦的水声。所有人转头看去，发现罗西正拖着一条长长的鳗鱼，意味深长地缓缓走来。

"一场游戏一场梦，很好！"

———— 第七幕 结束 ————

ACT
08

第八幕

探秘幽浮

　　受到罗西的启发，猫脸人在浮游岛的四周划定好各自的区域。他们并排坐在地上，将自己的尾巴放进海水里，照猫画虎地钓起鱼来。因为除此之外，浮游岛上再也找不到其他的食物，这一大片珊瑚礁林中，除了满地的海草，只余下海螺和贝类的空壳。

　　罗西一条接着一条地将钓起的海鱼扔到礁石上，猫脸人艳羡地咂着嘴巴，眼睁睁看着柳嘉和原石狸、牙石熊将海鱼拖到岸边，然后架在戚梦萦生起的一堆篝火上烘烤。

　　而他们却一无所获，尾巴上只缠着脏兮兮的海草。

　　"我们不分一些食物给他们吗？"柳嘉将捡回来的枯海草放在篝火旁，同情地说。

"已经分配好了，牙石蜜会拿给他们。"戚梦萦镇定自如地回答。

柳嘉欣慰地看到，其他氏族的猫脸人，正在鞠躬感谢给他们送去烤鱼的牙石蜜和原石狸，戚梦萦却若有所思地皱紧了眉头。

"我感觉事情有些古怪，也许食物和淡水并不是生存比赛的关键。"

"唵。"易天爵冷冷地朝一旁扬了扬下巴，碎石汤正躲藏在一片珊瑚礁后贼头贼脑窥视着他们，"我看，那家伙也是这样想。"

"啊，救命！怪物！"易天爵话音刚落，岛岸边突然响起一声惊慌失措的叫喊。

柳嘉扭头看去，发现羽石氏族的两位勇士正面色惨白地朝珊瑚礁林狂奔而去，其中一人的尾巴上还钳着一只张牙舞爪的螃蟹。

滑稽的一幕令柳嘉忍不住想笑。

这时，不远处的海面上咕噜噜地冒起了气泡，没过多久，海面溅起一朵数米高的浪花，随后在海水落下的拍打声中，一条十多米长的蓝色"巨蛇"出现在了海面上，并毫不犹豫地伸长比烟囱还要粗大的脖子，朝逃跑的羽石勇士们咬了过去！

惊恐的惨叫声顿时在浮游岛上空回响。

柳嘉惊恐地发现，巨蛇的身体竟然是水一般的半透明，几乎能清晰地看见羽石勇士们顺着它长长的脖颈向肚子里滑落的

身影。长着一对卷犄角的头上，古铜色的眼睛贪婪地盯着岛上的氏族勇士们，尖利的牙齿在口中闪着凌厉的寒光。

猫脸人一边大惊失色地叫喊着朝珊瑚礁林里逃跑，一边慌乱地将手中的武器和周围断裂的珊瑚礁石朝巨蛇用力投掷过去。

让所有人意外的是，巨蛇竟将武器和珊瑚礁石全都吸进了身体里，而它被砸破的皮肤也迅速愈合，毫发无伤。

戚梦萦机敏地朝巨蛇所在的方向划出一道半米多高的火墙，掩护氏族勇士们逃跑。

然而巨蛇不屑地撇撇嘴，从嘴里喷出一大口海水，瞬间将火墙扑灭了。

"泡泡！"巨蛇得意地仰头大吼起来，仿佛庆祝恶作剧

胜利般，猛地钻进了水里，身躯全貌随之浮现，它竟然长着海龟般扁圆的身体和扇形四肢。

"看来，这才是第二场比赛真正的题目。"戚梦萦冷静地说道。

"它是海、海蛮王！"原石狸和牙石勇士们跑回到四位狩梦人身边，指着巨蛇战战兢兢地说，"传、传说，它可以吃掉一整个小岛！"

"看来，又到了万不得已的时刻。"易天爵将拳头捏得噼啪直响。

"打不起，我躲得起。"礁石上传来罗西疏朗的声音。

他高高地站在那里，肩膀上扛着钓鱼竿，盯着海蛮王的双眼闪闪发光。

"可是我们没有船！"柳嘉心急如焚地大声说。

"但我们有岛。"

罗西翘起一边嘴角，露出一个神秘莫测的笑容。他举起钓鱼竿，将钓到的最大的鱼放在了礁石前。柳嘉感觉浮游岛猛烈地颤动了一下，接着竟开始往前游动了起来。

这时，海蛮王重新出现在了海面上，它猛地朝仍在岛岸边的猫脸人咬了过去，可是咧开的大嘴却扑了个空，生生磕在硬邦邦的石滩上，发出一记吃痛的怒吼。

"浮游岛竟然会游泳！这是神迹吗？"

几个猫脸人震惊地看着飞快沉浮着的岛屿。

"想知道它为什么会游泳？"罗西得意地晃动了一下挂着海鱼的钓竿。

"浮游岛"低哑地鸣叫了一声，整座"岛屿"忽然向上抬起。

罗西所站的那一块"礁石"越升越高，最后完全浮在了海面上。所有人目瞪口呆地发现，那竟是一个巨大的海龟头部，而那块"礁石"则是它硬化了的头顶。躲藏在珊瑚礁林中的猫脸人全都惊吓得说不出话来。

然而众人还来不及细问，猎食失败的海蛮王突然发出震怒的狂吼，怒气冲冲地朝浮游岛追击过来。

而大海龟的速度却在渐渐变慢，眼看就要被海蛮王追上了。

"多谢，你的任务完成了。"罗西将海鱼扔进了大海龟的嘴里，转身跳下"礁石"。

"我、我们现在怎么办?!"柳嘉不知所措地问。

罗西的手心里旋转起一团淡蓝色的冰雾。

"躲不起的时候……"

"当然就是打。"易天爵毫不犹豫地卷起了袖子。原石狸和牙石勇士们赶紧躲到了稍远一些的珊瑚礁后，紧张地探头观望。

"注意看乾坤手环。"戚梦萦冷静地说，"我已经写好了作战计划，请你们……"

"我可没说，会听你的命令!"易天爵迅速发动巨猿术，"大话精，如果掉队，你就死定了!"

柳嘉正想回答，海蛮王已经追赶过来，它吼叫着高高抬起了头。

"就是现在!"戚梦萦一声大喊，狩梦人一齐向前冲了出去。

在猫脸人的惊呼声中，罗西率先冲到了海蛮王身前，飞快地向它脖子上皮肤最薄处释放冰霓术，将其冻结起来。

易天爵将随手捡起的一根断裂的珊瑚礁石用力刺进了海蛮

王冻结的皮肤里，在他拔出珊瑚礁石的刹那，柳嘉迅速发动朦胧术，用黑雾引导罗西和易天爵闪电撤退。

一切如戚梦萦预测的那样，海蛮王被冻住的皮肤失去了愈合能力，海水从洞穿的创口里倾泻而出，喷涌在海龟背上。只是它身体里的海水比戚梦萦想象中的还要多。

巨大化的易天爵只好靠在两丛粗壮的珊瑚礁上，铆足全力挡住汹涌而至的海水，保护身后珊瑚礁林中吓破胆的氏族勇士们。

几分钟后，海水渐渐退去了，浮游岛上再次恢复平静，只剩下海水轻轻涌动的声音。

猫脸人紧张地从残乱不堪的珊瑚礁林中走出来，他们的身上和头上挂满了海蛮王吐出来的海藻、海星和一些奇怪的鱼类。就连被海蛮王吞进肚子里的羽石勇士们，也随着海水滚落在地，浑身缠满了滑溜溜的海草。

沉寂了几秒后，浮游岛上突然爆发出一阵震天响的欢呼声，猫脸人纷纷朝狩梦人奔跑了过来。四位狩梦人如释重负，欣喜地交换着眼神，笑了起来。

"我们打败了海蛮王，噢！"

"塔兰人，无尾勇士，厉害！"

"等等！"柳嘉突然警惕地东张西望，"海蛮王呢？"

"当然是躲回海里去了！"易天爵拍着胸口，骄傲地大声宣布。

柳嘉疑惑地扫视，眼角的余光忽然瞥见一个奇怪的东西，正在鬼鬼祟祟地挪动。

"那是什么?"原石狸指着不远处一个蓝色半透明生物。

它约莫柯基犬大小,身体像脱了壳的海龟,长长的脖子,胖乎乎的脑袋,头顶上长着两个花卷形状的犄角。

四位狩梦人和猫脸人都好奇地朝异形生物围拢过去,蹲下来用珊瑚礁石戳着它的头和肚子。异形生物惊恐地睁大了眼睛,突然双眼翻白倒在地上,不再动弹了。

"装死,可没那么容易!"罗西坏笑着在奇怪生物的肚皮上轻轻挠了挠。

"泡泡,泡泡,泡泡……"奇怪生物突然捂着肚子,大声叫喊起来。

人群沉默了,几秒钟后响起一声震惊的大叫。

"这是海蛮王?!"

"其实,它的真名是蛇颈龙。"在乾坤手环上查阅资料的戚

梦萦惊奇地说。

"不。"罗西把缩小的海蛮王拎了起来，翘起一边嘴角坏笑，"从现在起，它是我的新宠物'泡泡蛟'。"

接下来的两个小时里，浮游岛和遗忘海上风平浪静。

虽然炽烈的阳光将浮游岛烘烤得灼热难耐，可是猫脸人却得以坐在罗西散布的冰雾里，尽情地享受着短暂的安宁。

四位狩梦人坐在海龟巨大的头上，变小的海蛮王泡泡蛟被罗西用牙石蜜的藤条拴住了脖子，像只小狗一样牵在手中。半个小时不到，他们便用两只小虾米为条件，教它学会了握手，易天爵还教会它说了一句新的敬语——BaBa。

"已经看见海岸了！"

没过多久，顽石勇士最先指着不远处，激动地大喊。

氏族勇士们立刻高兴地站起身来。

这时，天空中忽然响起一个机械的嘎吱声，三个圆球状飞行器不知何时出现在他们的头顶上，仿佛三颗小太阳般闪着炫目的光。

柳嘉的心猛地一沉，惊恐大喊："不好，快跳海！他们要轰炸浮游岛！"

氏族勇士们愣了愣，张皇失措地跳下岛屿，飞快往岸边游去。

柳嘉庆幸极了，父亲曾经在海边教会了他游泳。

他游出一小段距离后转头看去，发现几束金光像垂落的瀑布般落在了大海龟的背上，爆出一声剧烈的炸响，滚滚黑烟腾空而起，海面上响起大海龟凄厉的悲鸣。

"混蛋。"易天爵气急败坏地转过身，朝海龟游过去，却被罗西一把勾住了脖子。

"耍猴的，想去送死吗？"

"罗西说得对。"戚梦萦的眼中噙着泪珠，"现在，我们必须继续向前。"

一刻钟后，所有氏族勇士全都游上了岸，失魂落魄地趴在石滩上。

这时，蛮石祭司搭乘悬浮梯，从停在半空中的幽浮上降落下来，她的身边还跟着一个胡子上挂满白色碎石的老猫脸人。

"祭司大人！老族长！"

碎石汤气喘吁吁地从石滩上爬起来，惊魂未定地走到老猫脸人身边。

"干得好，碎石汤。"碎石族长细长的眼睛，在白色浓眉下眯成一条缝，他的肩膀上还粘着一只长着象鼻子的蓝色飞虫，"你派象鼻虫送来的消息，天神大人和祭司大人都已经收到了。"

"说得对极了，碎石磨！"半空中响起墨特米西油滑的腔调，他在光影屏幕中现身，摇头俯视着所有氏族勇士，"塔兰人真是太让我惊讶了，在第二场比赛中，你们竟然全体活了下来，这可和我的计划不太一样。"

猫脸人一一站起身，既愤怒又害怕地瞪着天神墨特米西。

"噢，别担心，勇士们。"墨特米西轻松地笑着说，"我不会因此而责罚你们。因为你们帮我对塔兰生物的研究，做出了巨大贡献。"

墨特米西随手指向海面，所有人扭头看去，发现那三个球状

飞行器竟然用金光织成了一张巨大的网，将伤痕累累的大海龟从海水中捞了出来拖到岸边。大海龟奄奄一息地趴在石滩上，就像座高耸的山坡。

"这个狡猾的老东西。"墨特米西开心地说，"为了逮住它，可费了我不少功夫。"

四位狩梦人纷纷皱紧双眉，恼怒地咬牙切齿。

"啊，对了，在这场比赛中表现最为优秀的，当然是碎石汤！"墨特米西激动地高呼，碎石汤露出了骄傲的神情，"他不但活下来，还帮我找到了四个重要的无尾勇士，所以，第三场比赛的内容，我不得不临时做出调整。"

蛮石祭司向前走出一步，用力高举手杖，紫色晶石顿时电光缠绕，几道电劈落下来，击裂了地面。

柳嘉震惊地看见，几个西瓜大小的石头竟然从裂开的地下爬了出来。

这些并不是普通的石头，碎石拼成了它们的双手和双脚，身体各处布满了刀锋般尖利的紫色石片，圆圆的身体上长着冒紫光的双眼，正咧开大嘴龇着尖牙。

"第三场比赛！"蛮石祭司用力蹾了一下手杖，声音干哑地大声宣布，"抓住这些无尾勇士！"

猫脸人震惊地看向了柳嘉、戚梦萦、罗西和易天爵。

"如果你们先抓住他们，那么，所有参赛氏族都算胜利者。如果我的傀儡石头兵先抓住他们……"蛮石祭司冷笑一声，"那就等着听自己族人的哀号吧！蠢材们！"

"说得好极了，我亲爱的助教。"墨特米西赞叹地拍着手，声音轻快地宣布，"那么，第三场比赛，现在开始。"

巨大的幽浮再次变成一束白光，消失在半空中。

情况非常不妙，柳嘉和三位同伴背靠背地站在一起，警惕地注视着向他们围拢的猫脸人。

"很难过！"顽石葱歉疚地说，"为了族人，我们只能这样。"

"还记得吗？是无尾勇士帮助我们……"牙石蜜生气地握紧藤条，和牙石锤、牙石熊一起护在戚梦萦的身前。

"原石猴大人，请快逃走！我来阻拦他们。"原石狸从腰后掏出两个马蜂窝，"失去无尾勇士，原石氏族会失去希望！"

牙石锤大吼一声，率先举起石锤冲了出去。

巨石强森顺势抓住锤子甩向碎石汤的脚边，吓得碎石汤破口大骂。

牙石熊朝顽石葱撞过去，却被推到了碎石族长的身边，牙石熊顺势一口咬在他的腿上，碎石族长大声惨叫起来。

"他们到底是要抓我们，还是……"柳嘉困惑地看着羽石勇士们将原石狸的马蜂窝扔到了蛮石祭司的身上，嗡嗡乱叫的胖马蜂蜇得她手忙脚乱。

"显而易见。"罗西将泡泡蛟放在头顶上，就像戴着一顶奇怪的蓝帽子。

"哼。"易天爵用手指擦了一下鼻子，"也好，以德服人。"

戚梦萦冲着朝她使眼色的巨石强森微笑点头。

"不要使用技能，以免伤及无辜，我们快走。"

柳嘉跟着戚梦萦和罗西冲进了人群，易天爵走在最后抵挡

追兵。

猫脸人假装扭打在一起，让出一条若有若无的通道。很快，狩梦人闯过了离开海岸的唯一路口。

"一群蠢材！"蛮石祭司发现狩梦人正在逃离，愤怒地举着手杖大喊，"石头兵，给我抓住他们！"石头兵身上电光闪烁。突然，它们像被戳爆的气球，一个接一个地炸裂，碎石块散落一地。蛮石祭司手杖上的紫色晶石也随即变得暗淡无光。

"可恶，手杖竟然没电了！"蛮石祭司用力摇晃着手杖，眼睁睁地看着四个身影消失在路口，气急败坏地怒吼，"小混蛋，你们是逃不掉的！"

四位狩梦人就像受惊的小兽，在海滩后的树林中飞快奔逃。

没过多久，他们找到了一小片林中空地。短暂商量后，罗西让泡泡蛟吸足空气，胀成一个巨大的气球，易天爵和柳嘉捡来几根结实的藤条，绑在泡泡蛟的脖子上，藤条的另一头则编成了一张粗糙的网，刚好够四个人坐在上面。

"泡泡蛟，看你的了。"

罗西轻轻拍了拍泡泡蛟的身体，泡泡蛟骄傲地扬起下巴，傲慢的神态和罗西如出一辙。

戚梦萦闭上双眼，手心里凝聚出一朵鲜红的火莲。

她举起手，小心翼翼地烘烤着泡泡蛟肚皮里的空气，没过多久，"泡泡蛟热气球"便开始缓缓升空了。

四位狩梦人疲倦地坐在藤网中眺望远方，火红的夕阳下，远处的石头峰仿佛燃烧的断剑，屹立于天地之间。

121

"我一定要教训那个外星混蛋。"易天爵看着海岸方向，眉头紧皱，那里升腾起一股浓浓的黑烟，海龟巨大的身躯死气沉沉地伫立在浓烟中。

"当务之急是尽快找到梦魇噬魂珠，救出受害人，这样才能解决所有问题。"戚梦萦表情严肃地说，柳嘉几乎能听见她的大脑飞快转动的齿轮声。

"但我们根本不知道受害人和噬魂珠被藏在哪里。"柳嘉沮丧地说。

"那就让藏东西的人告诉我们。"罗西眯着眼悠悠地说。

"不过，那也得先活着才行。"柳嘉紧张地望向浑身大汗的泡泡蛟，它半透明的身体涨得通红，就像快要爆炸的气球，"我想，泡泡蛟大概……要坚持不住了……"

"喂，泡泡蛟！"

"吧吧！"泡泡蛟终于忍耐到了极限，它突然张开嘴，绷在肚子里的空气像泄洪一样喷吐出来，巨大化的身体急速缩小，并且在半空中打着旋乱飞。

被夕阳染成紫红色的天空下，响起一阵绝望的尖叫。

柳嘉再次庆幸自己拥有朦胧术。

几分钟后，他们在黑雾的包裹下安全降落，并且幸运地掉落在石头峰顶平顶边缘。

"幸亏我及时察觉！"柳嘉满头大汗地从黑雾中显形，仰面躺在草地上，惊魂未定地大口喘着粗气。

"蠢龙的飞行技术，比夜行者还烂。"易天爵成了所有人着陆的"肉垫"，龇牙咧嘴地说。

"它，已经尽力了。"罗西将低声呜咽的泡泡蛟顶回头上。

"罗西说得对。"戚梦萦摸了摸泡泡蛟的头，转身看向停在不远处的幽浮，"接下来我们去那里。不入虎穴，焉得虎子。"

没有休息太久，借着夜色，狩梦人潜伏到幽浮的下方，沿着外部的金属楼梯悄悄往上攀爬。还始祖鸟蛋时打开的窗户没被关紧，他们蹑手蹑脚地翻进幽浮教室。讲台前的流动金属幕布忘记降下，一组蓝色水晶控制按键正在讲台上幽幽闪光。

罗西走上前，随意地敲击了几下控制台上的按钮。

"罗西，你认识这些按钮吗？"柳嘉紧张地问，在时光裂隙站里命悬一线的情景，他仍然记忆犹新。

"不认识。"罗西不以为然地耸耸肩膀，"不过它们好像认识我。"在同伴们惊讶的目光中，他伸手指向一个正从天花板缓缓降落下来的圆形金属悬浮梯，并带着泡泡蛟率先站了上去。

"出发！别耽误了这场荒诞的游戏。"

1分钟后，悬浮梯通过亮着白色灯光的圆柱形金属通道，进入了一个阴冷而又潮湿的空间里，扰人心烦的水滴声不知在何处发出空洞的响声。

柳嘉紧张地屏住呼吸。这里没有灯光，数道乳白色的光线从漆黑墙面的缝隙间照射进来，让他清楚地辨认出这里是一个黑石洞穴。湿滑、枯萎的藤蔓在四周的石壁上盘虬缠绕，一直延伸向洞穴顶端的黑暗里。

洞穴的石壁上镶嵌着几十个玻璃罐，莹绿色的液体中全都浸泡着沉睡的猫脸人，还有一些奇怪的塔兰生物。

"这些全都是生命力罐头。"戚梦萦的声音在微微颤抖，"这里大概是墨特米西的生物实验室。"

"混球，竟然牺牲了这么多人。"易天爵愤怒地低吼。

罗西朝生长在洞穴中央的一段长满苔藓的粗壮树干走去，响亮地吹了一声口哨。

柳嘉好奇地跟了过去，发现树干中间那段竟是一个近六七米高的巨型玻璃罐，一个身体几乎塞满整个玻璃罐的巨型怪物，正双眼紧闭地蹲坐其间。

怪物的手臂几乎和双腿一样长，如岩石块般粗壮的肌肉上，插满了黑色软管。他的脸上仍有猫脸人特有的绒毛，然而却长着两颗剑齿虎般锋利的獠牙。

柳嘉感觉自己的双脚有些发软。

"生化改造项目：代号'墨里墨特墨'；开发者：墨特米西。"

戚梦萦走到树干旁的金属信息台前，通过乾坤手环的文字

转换功能，阅读着上面密密麻麻的外星文字："他原本是一个塔兰人，四十年前成了墨特米西的实验品，如今他面目全非，恐怕也已经失去了曾经的记忆和感情。"

"这个人，我好像在一个梦魇里遇见过……"易天爵咬牙切齿地说。

"哦，什么梦魇?"罗西饶有兴致地追问。

"不知道，醒来后就太不记得了。外星混蛋，真是变态!"易天爵郁闷地回答说。

"泡泡! 泡泡!"泡泡蛟突然从罗西的头上跳了下来，用力吸了一口气，将身体胀到三倍大，对着石壁上的两个玻璃罐大声尖叫起来。

"泡泡蛟，怎么回事?"罗西皱眉问。

其他人也跟着走了过去。他们发现面前的两个玻璃罐中浸泡着两只体形缩小后的海蛮王! 只是它们看起来年代久远，其中一只还长着白色的胡须，浑身皮肤皱巴巴的。

"难道它们是泡泡蛟的亲人?"戚梦萦同情地低语。

罗西紧紧地抱住身形缩小后的泡泡蛟，目光渐渐变得冰冷。

"让开! 我来砸碎这些罐子!"易天爵怒火中烧。可他拳头还没来得及挥出去，洞穴里刺耳的警铃声大作。

"死鱼眼，你在干什么?"易天爵恼火地看着触发了警报器的罗西，怒声问。

"别碰那个摇杆!"柳嘉和戚梦萦也都震惊得倒吸一口凉气。

"哼。"罗西傲慢地扬起嘴角，"引蛇出洞。"

"什么意思？你说清楚！"

"先别吵，夜行者马上就赶来了，我们最好……"

轰隆的闷响声打断了戚梦萦的话，一扇大门突然在石壁上洞开。

"究竟是谁？打扰我的'百蛋宴'?!"没穿袍子的墨特米西气急败坏地大叫着，从门后大步流星地走进了洞穴里。

柳嘉意外地发现，墨特米西的真身和崔启明舅舅差不多高。

警铃声终于安静了下来。墨特米西飞快地打量了一下四位狩梦人，突然变得愉快起来。

"啊哈，几位尊贵的小客人，我很高兴你们不请自来。"油腔滑调的墨特米西就像哄骗小红帽的狼外婆，"看来，你们已经参观了我的得意之作——古生化改造人、史前穴居鬼——墨里墨特墨！如果你们感兴趣，可以留下来，我将为你们细细讲解。"

"不必了。"罗西冷笑了一声，"我想问的问题，已经得到了答案。"

他遗憾地环视了一圈洞穴："我们要找的东西不在这里，今天不用你陪我们玩了。"

"你怎么知道？"柳嘉困惑地问，却被戚梦萦抬手阻止。

"想走？孩子们，那可不行。"墨特米西遗憾地摇着头，"第三场比赛，如果我先抓住你们，所有的氏族都算输，实验室里又能增加好些营养罐头，而你们，恰好也是某位大人的猎物。"

"抓我们，要看你有没有这个本事！"易天爵憋着气想要发动巨猿术，几秒过后，他的身体却毫无动静。

"哈哈，天真的孩子。"墨特米西得意地大笑，"小看一名优秀的生物学家可不是明智之举，你们的能力在幽浮里毫无用处。"

这时，一扇石壁上的侧门突然打开，蛮石祭司和碎石族长带领着碎石氏族的猫脸人站在门外。

在他们当中，碎石汤粗鲁地摁压着一个浑身伤痕累累的猫脸人，让他跪在了地上。

"原石狸！"柳嘉激愤地大喊。

"原石猴大人……原石菜……"原石狸抬起毛发乱糟糟的头，双眼肿胀得几乎无法睁开，他忽然激动地大喊，"快跑！不要被他们抓住，呜哇！"

碎石汤在原石狸的肚子上狠狠地揍了一拳。

"住手！"

易天爵想要冲上前去救走原石狸，却被碎石氏族的猫脸人团团围住，他就像被困在浅水湾里的虬龙，只能暴怒却无能为力地嘶吼。失去了狩梦人能力的柳嘉、戚梦萦和罗西也被围困其中。

"来得正好，我亲爱的助教。"墨特米西声音像凛冬的寒风般冷酷无情，"把他们几个抓起来，无论生死。"

"是，天神大人。"蛮石祭司恼火地举起手杖，对准站在她对面的易天爵，"要不是昨晚忘记给手杖充电，早就把这几只小老鼠抓住了！"

这次梦域碎片之旅，就这样失败了吗？

柳嘉在心里大叫一声。

他发动了朦胧术，却毫无效果。蛮石祭司的手杖上，紫色晶石正酝酿着苍白的电光，眼看就要朝易天爵发射过去，原石狸突然挣脱碎石汤的束缚，冲上前紧紧地抱住了紫色晶石。

洞穴里的所有人都被原石狸的行为惊呆了。

"放开，蠢材！否则我先把你变成石头！"蛮石祭司大声咒骂。

碎石汤更是恼羞成怒地对原石狸拳打脚踢。

"不、不放！"原石狸咬紧牙关大喊，"绝对不让你伤害原石猴大人！"

"笨蛋！你会被变成石头！"易天爵心急火燎地大喊。

"原石猴大人，"原石狸转过头，满是伤痕的脸上露出充满希冀的笑容，"我真没用，原石氏族的希望……就拜托你了。"

一道刺耳的电流声和原石狸痛苦的叫喊声同时响起，几秒钟后，他如石像般僵硬地倒在了地上，不再动弹。

第八幕 结束

原石猴大人，
快走……

第九幕

 重返原石村

"啧啧啧，怎么说呢？真是个勇敢的小家伙。"墨特米西惋惜地感叹，"也许我应该把他做成生命力罐头。"

"混蛋！"易天爵气得浑身发抖，柳嘉几乎能听见他身体里细胞炸裂的声音。

"砰"的一声骤响让洞穴中的人吓了一跳。

所有人不约而同地转头看去，实验室的墙壁被砸开了一个巨大的窟窿，一艘破烂不堪的帆船正停在窟窿外，夜行者黑色的长袍在夜风中猎猎作响。

"什么情况？小火球，你不是说可以潜伏进去，悄无声息地带走梦魇噬魂珠吗？怎么又打架了！"夜行者尖叫着质问。

"先离开这里再说，原石狸说得对，活着才能创造希望！"戚梦萦趁旁边的猫脸人不注意，冲出包围圈一路朝帆船跑去。

罗西掏出一个不知从何处得来的玻璃瓶，用力砸在巨型玻璃罐旁边的控制台上，瓶中的绿色液体顿时将控制台的按钮腐蚀了大半。

"我的飞船！我的墨里墨特墨！"墨特米西惊慌的声音都变调了，他愤怒地指着四位狩梦人，"别让他们跑了，蛮石祭司！"

眼看蛮石祭司又要放射"石化电光"，柳嘉赶紧拽住气得发抖的易天爵，冲出乱成一团的猫脸人群，跟在罗西身后跳到了帆船上。

"臭小子们，这可是我刚修好的船！"夜行者气急败坏地指着被踩坏的甲板，接着帆船像受惊的老鼠般蹿了出去。

墨特米西和蛮石祭司的叫喊声在他们身后的夜空中回响。

"小杂碎们，别想逃！可恶，我的飞船没有买保险！"直到石头峰完全隐匿在浓郁的夜色中，夜行者才放慢了航速，念念叨叨地抱怨着。

"一群爱惹麻烦的小鬼，每次都要闯祸。"

"我们现在该怎么办？"柳嘉盘腿坐在甲板上，有些沮丧地问，"想要救出受害人和找到梦魇噬魂珠，恐怕都没那么容易。还有原石狸……"

"死鱼眼，你为什么要弄响警铃?!"易天爵突然像炸响的炮竹，怒气冲冲地瞪着罗西，"如果不是你！"

"如果不是我，到现在都不知道要找的东西在哪里。"罗西毫不示弱地冷笑，泡泡蛟在他的头顶上害怕地呜咽着，"从墨特

米西赶到实验室的时间，以及之后他对其他区域的态度，足以证明，我们要找的东西和人并不在第三层的实验室里，如果也不在第一层的教室，那就只剩下一个地方。"

"幽浮的第二层！"柳嘉惊讶地说，"原来这就是你说的，'让藏东西的人告诉我们'。"

"的确如此。"戚梦萦佩服地点了点头，"墨特米西有很强的控制欲，不会把梦魇噬魂珠和受害人藏在幽浮以外的地方。"

"另外，耍猴的，如果你把原石狸的事情算在我的头上，我可不接受。"罗西冷冷地翘起一边嘴角，"会是现在的结果，完全是因为你的无能，你给了他希望，却只能眼睁睁地看着他受害，最后你还落荒而逃，逞英雄不成，结果成了狗熊。"

"你胡说！"易天爵暴怒地揪住罗西的衣领，泡泡蛟大叫着，用软绵绵的鱼鳍拼命拍打易天爵的脸。

"我说错了吗？"罗西露出了一个狡黠的笑容，"哦？看起来，你还不是第一次这样做了。"

"死鱼眼！我不会放过你！"易天爵恼羞成怒地朝罗西举起胀大了的拳头。

罗西也针锋相对地在手心里旋起一团冰雾，准备迎战。

柳嘉正准备上前阻止，一个球状黑影突然弹跳过来，将罗西和易天爵用力撞开。

"嘿，小伙子们。"夜行者挡在怒容满面的易天爵和罗西中间，"如果用狩梦人技能攻击同伴，你们的狩梦之旅也就到此为止了。"

易天爵和罗西郁闷地坐回到甲板上，柳嘉也松了口气。

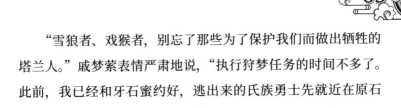

"雪狼者、戏猴者,别忘了那些为了保护我们而做出牺牲的塔兰人。"戚梦萦表情严肃地说,"执行狩梦任务的时间不多了。此前,我已经和牙石蜜约好,逃出来的氏族勇士先就近在原石村聚集。"

帆船在夜色中飞快航行,船上的气氛像绷紧的弓弦,让人喘不过气来。

好在没过多久,帆船便到达了原石氏族的领地附近,在一块巨大的岩石下方停了下来。四位狩梦人神色严峻地朝原石村走去,夜行者则留在原地继续修理被损坏的帆船。

茂盛的红草在夜风中如海浪般高低起伏,一丛丛闪着宝蓝色光芒的花朵绽放其间。

村前平缓的山坡上,十几根飓风形状的岩石柱,就像等待游子归家的母亲,孤独地屹立在清冷的月光中。

柳嘉隐约看见,一个人影在其中一根岩石柱下晃动。

很快,人影变得越来越多,当柳嘉他们走到飓风岩石面前时,几乎所有原石氏族的猫脸人全聚集在了那里。

原石族长拄着手杖,被搀扶着站在人群的最前方。

他身边站着另外几位服装风格迥异的猫脸人,全都神情严肃地望着狩梦人。

"牙石族长。"戚梦萦惊讶地走向其中一位中年女性猫脸人,她的头上戴着白色獠牙饰物,腰间系着蓝色斑点豹皮,骄傲的神情和牙石蜜十分相似。

"是原石猴大人和原石菜!"

"原石狸也回来了吗?"

原石氏族的猫脸人沸腾起来了，然而当柳嘉在他们期待的目光中难过地摇了摇头时，猫脸人全体沉默了，气氛沉重得让柳嘉感觉鼻酸。

"原石狸……"原石族长声音干哑地对着夜空呼唤着，他苍老的面容在风中显得愈发沧桑，眼中闪烁着浑浊的泪光，"原石氏族最后的勇士，我亲爱的孩子！"

静穆的月光下，夜风在红草荒原上悲鸣，原石氏族的猫脸人轻轻地抽泣着，柳嘉也为之黯然神伤。戚梦萦扭过头去，肩膀在微微地颤动。

"他是为了救我，才被蛮石祭司击中的。"易天爵懊恼地低下了头，他紧皱的两撇剑眉之下，双眼充满了愤怒和自责，"把我送给墨特米西，也许可以将他换回来。"

原石族长摇了摇头，仿佛被沧桑岁月浸透了的目光，沉痛地落在易天爵的脸上。

"原石猴大人，既然原石狸是为了救你才牺牲的，我怎么能把你送回去?!"

"是塔兰勇士大赛! 为了比赛，已经失去了太多。"身材彪悍的巨石族长悲愤地看着戴上巨大蟹钳的双手，"亲人、族人、朋友……还有塔兰人的骄傲。"

"牙石蜜，我的女儿!"牙石族长悲伤地闭上了眼睛，"她现在究竟在哪里……"

"塔兰，还有希望吗?"握着白色兽骨长矛的顽石族长，颓丧地摇了摇头，他那用兽皮缝制的头饰有气无力地耷拉着。

"我想清楚了，现在就去找那个外星混蛋算账!"易天爵突然暴跳如雷地怒吼，转身便要离开，却被巨石族长戴着蟹钳的大手沉重地摁住了肩膀。

"我曾带领巨石氏族和金刚石氏族一起反抗天神，结果却失去了双手，金刚石氏族被全部消灭……"巨石族长无力地放下手臂，"就算你是无尾勇士，也难以一个人战胜天神大人和蛮石祭司。"

"我们几个族长，一直在努力说服其他的氏族一起反对天神大人。"顽石族长不甘心地握紧白色兽骨长矛，咬牙切齿地说，"但塔兰勇者大赛让兄弟氏族为了奖励和责罚而互相争斗，早已失去了团结与信任，碎石氏族更是彻底成为天神大人的爪牙。"

"想要战胜那个天神，只有一个办法。"原石族长声音沙哑地说，所有人困惑地朝他看了过去，"选出新的大酋长，凭借大酋长之力，或许还有希望。"

"那就快把这个家伙选出来。"易天爵急躁地大喊。

"选出新的大酋长，太难了。"牙石族长摇了摇头，"所有想要成为塔兰大酋长的人，都必须踏上'不归之路'，接受祖灵的试炼。"

"什么意思?"柳嘉困惑地问。

"只有战胜绝望的人才有能力拔出酋长之斧，继承酋长之力，成为塔兰大酋长。"巨石族长的语气中充满了憧憬。

"蛮石斧大酋长失踪后，再没有塔兰人通过大酋长的试炼。"原石族长无奈地叹息，"而我们都已经太老了……"

"让我去!"易天爵高声说着，眼中闪烁着决绝的光，"让我去，这一次我绝不会逃走。"

"我也愿意一试。"戚梦萦认真地说，"虽然很危险，但这也许是目前最好的办法。"

"好玩的事情，我可不会缺席。"罗西将头顶上的泡泡蛟抱下来，塞进柳嘉的怀里，"口哨，帮我每天喂它吃三顿鱼虾，清水管饱，反正你没胆子跟着一起去，留在这里好好当'菜'吧。"

"我、我才不害怕!"柳嘉生气地把泡泡蛟交到原石族长手中，"虽然我不想当什么大酋长，但总比留下来当'菜'好。"

猫脸人缓缓地在四位狩梦人身边围聚，他们将一只手摁在胸口上，对狩梦人低下了头，以示敬意。

"无尾勇士们!"原石族长的声音在风中颤抖，"塔兰所有氏族，感谢你们!"

"你们为了塔兰人参加大酋长的试炼，不管结果如何，我们都将永远感激。"牙石族长感动地说。

"如果你们能回来，巨石氏族必定追随左右!"巨石族长高

亢的声音在空中回响。

顽石族长将手重重搭在易天爵的肩膀上。"去吧,活着回来。"

一阵嗡嗡的鸣叫声在原石村上空响起,所有人抬头望去,发现夜行者正驾驶着帆船朝他们缓缓驶来。

四位狩梦人在猫脸人充满期待的目光中,沿着绳梯爬上了帆船。夜风卷着枯黄的草梗从红草荒原上呼啸而过,好似在打扫即将被点燃的战场。

柳嘉感觉心里沉甸甸的,他忽然想起了父亲宽大的肩膀。作为一个狩梦英雄,他曾经一肩挑起过多少人的希望和期待呢?

而他,柳嘉,成为真正的"超能小英雄"之路,似乎还很长。

第九幕 结束

第十幕

塔兰之心

朦胧的晨光中，帆船稳稳飞行。

几只身体像水獭、翅膀却像蝴蝶的艳丽大鸟在周围好奇地盘旋着，不时对船上的人发出几声问询般的啾啾声。

柳嘉躺在甲板上，没有睡多久便被一阵窸窣的低语声吵醒。

戚梦萦披着一件旧毛皮坐在不远处，正透过乾坤手环投射出来的亮光，仔细研究着原石族长交给她的兽皮地图。罗西仍在甲板上酣睡，而易天爵则坐在船头，若有所思地望着远方，沉默不语。

"他们为什么不能派人带我们去，非要我们自己研究地图？"柳嘉揉着惺忪睡眼在夜行者身边坐起来，看着戚梦萦疲倦的样

子，难免抱怨。

"我们要去的地方可不是森林公园，小章鱼，几乎没有人知道那个地方在哪里。"夜行者娴熟地驾驶着帆船，穿过一片深灰色的薄云，"寂静山谷又叫塔兰之心，美景在梦域碎片中堪称一绝，是塔兰大陆的生灵们死后的住处。他们在那里通过各种方法，引导后继者和族人继续从信仰中得到启迪。"

"'黎明的眼睛下，被风带走的勇士，在红树下等待祖灵的召唤，拔出石斧，得到大地的力量。'"戚梦萦直起腰喃喃自语，并沮丧地叹了口气，"我能从这张地图上找到的关于寂静山谷的信息，就只有这些了。"

"了不起，不愧是铁臂的女儿。"夜行者佩服地哼了哼，"这张地图可不是常人所能看懂，它记载的是这片大陆的最高机密。"

"黎明的眼睛，是指什么呢？"柳嘉困惑地皱着眉头问。

罗西不知道什么时候醒了过来，伸手指向一颗异常明亮的金色星辰："答案，显而易见。"

"没错。"戚梦萦恍然大悟地点了点头，目光飞快地回到地图上，神色变得严峻起来，"根据地图上的提示，'黎明之眼'消失前是进入寂静山谷的最佳时间。"她猛地抬起头看了看天色，快速走到了船舷，"夜行者，请你把船朝那颗星星的方向开，越快越好。我们的时间不多了。"

"坐好了，小鬼头们！"夜行者得意地摇晃着破旧不堪的木质船舵，"接下来，可比坐过山车刺激多了，哈哈哈！"

帆船在渐渐被朝霞染红的天空中飞蹿，惊起一群在晨光中飞翔的小鸟。

"喂，看那边。"易天爵在船头站了起来，遥指着前方。

所有人转头望去，发现不远处竟有一团混沌的"乌云"连接着天地，耀眼的闪电在其中迅疾摆动。它仿佛是从地面树桩状的灰岩上生长出来，裹挟着周围无数的碎石断木，飞速地旋转，发出巨兽般呜呜嘶鸣声，恨不得将全世界吞噬入腹。

"那是龙卷风！"柳嘉焦急地大喊，"快掉头，夜行者！那边危险，我们不能过去！"

"掉头？来不及了，小章鱼！"夜行者兴奋得要开嗓高歌，帆船正被一股强大的引力吸附过去，"一朝航行，永无返途，这可是狩梦人领航员的守则。决定好的方向，再可怕也得一路到底！"

"'被风带走的勇士'……"戚梦萦的脸色冰冷得像大理石，"看来，我们得进入那个龙卷风里。"

"哦？有趣。"罗西一扫困倦，眼睛变得熠熠生辉。

"哼。"易天爵瞪视着龙卷风，健壮的背影看起来笃定而又沉重。

五百米……三百米……帆船很快便接近了暴风眼。

狂风让柳嘉无法睁开眼睛，他死死抱住打满补丁的桅杆，在巨大的轰鸣声中，隐约听见了夜行者癫狂的笑声和戚梦萦虚无缥缈的呼喊。

"抓紧！别被甩下帆船！如果分散……记得……乾坤……"

柳嘉突然被一股蛮力强拽出去，然后急速螺旋飞升，他感觉自己就像搅拌机中的一颗蛋黄，几乎快被拉扯得支离破碎了，痛苦的晕眩感让他瞬间失去意识，昏迷了过去。

塔兰之心

不知道过了多久，一阵悠扬的音乐和两个温柔的声音在柳嘉耳边响起。

"小嘉，快起床，上课要迟到了哟！儿子，男子汉可不能赖床。"

声音渐渐飘远，柳嘉猛地睁开眼睛，并没有看见父亲和母亲和蔼的笑脸，而他此时正仰面躺在一个奇怪的山谷里。

这里的天空是幽暗阴森的蓝灰色，一片片灰白雾气像巨大的蜘蛛网幽幽地飘浮在山谷的半空中；四周的枯木就像陷入永久沉睡的老人，上面挂满了朽烂的藤蔓，粗壮发黑的枝干毫无生气地低垂着。

"这里就是寂静山谷吗？夜行者还说很漂亮。"

柳嘉有一种上当受骗感。他从地上爬起来拍拍尘土，左右张望了一阵，心里咯噔一沉——同伴和帆船全都不见了。

"易天爵！罗西！戚梦萦！夜行者！"柳嘉焦急地大喊，沿着蛇皮般皲裂的泥地，小心翼翼地往前走去。

没过多久，一棵几乎是周围树木二十倍大的参天古树，赫然出现在他的眼前。它和其他的树木一样枯朽了，腐烂的盘虬树根堆得像座小山坡。

白雾在它周围飘动着，几缕闪着蓝色莹光的流水像是它流淌的血液，从树干和树枝间缓缓垂落，流进树根的深处消失不见。

在树干最显眼处，插着一柄五六米长的石斧。斧柄是一根粗壮的黑树枝，上面装饰着白色兽牙。一个人影此时正双眼紧闭，盘腿静坐在石斧之下。

柳嘉惊喜地瞪大了眼睛，那个人影，竟然是易天爵！

柳嘉正想走过去，四周的白雾却如海浪般激烈涌动起来，一

141

瞬间便遮蔽了整片山谷。暗淡的乳白色光线中，山谷犹如死气沉沉的泼墨枯山水画，窸窸窣窣的耳语声在雾气中忽远忽近。

"有人来了，伙计们……"一个粗犷低沉的声音在浓雾中响起。

柳嘉隐匿在一棵大树后探头张望，发现易天爵所在的巨树旁赫然出现了一个十多米高的黑影。浓郁的迷雾中，黑影的轮廓看起来像是一头熊，并且双眼闪烁着幽蓝色的光。

没过多久，一抹几乎和古树一样高的始祖鸟黑影呼啸着降落在附近断裂的树桩上，目光锐利的幽蓝色眼睛死死地盯着易天爵："外乡人，贪婪的家伙，这一次又想要什么？"

"闯入者，杀、杀、杀！"古树后方，一只剑齿虎形的黑影杀气腾腾地走了过来，从双眼中漫出的蓝色幽光在迷雾中游弋。

现场的肃杀气氛，令柳嘉害怕极了。

而此时，更多双眼闪着蓝光的黑影在白雾中若隐若现，将古树和易天爵团团包围

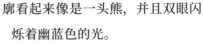
寂静……

了起来。易天爵紧张地咬着牙，强作镇定地坐在古树下方，警惕地注视着周围。

"你倒是有点胆识，小子。"大角鹿形的黑影高傲地抬起前蹄，有半个足球场大的鲸鱼形黑影在树林上空的白雾里徘徊游荡。

"让我们听听你的诡辩，外乡人。"易天爵的正前方，一个像山一般魁梧的巨猿形黑影，在翻涌的白雾中浮现。

巨猿蹲在地上，闪着蓝光的双眼睿智而又深邃。"记住，你的每一句话都将成为我们判决你的依据。"

易天爵在黑影们的审视中缓缓站起身，他用力握紧了拳头。那一刹那，柳嘉发觉他的身体在微微颤抖。

"我来……是要成为塔兰大酋长。"

黑影们爆发出一阵哄笑和嘶鸣。

"大酋长？就凭你？"剑齿虎不屑地甩着尾巴，几乎笑岔了气，"做我饭后点心，都不够格！"

"哼！"大熊黑影恶狠狠地低吼，"塔兰大陆就是被你们这些外乡人破坏的！我们的后代被残忍杀害，高山、树林、湖泊、大海……曾经的美丽不复存在。"

"寂静山谷是塔兰大陆的倒影，被称作'塔兰之心'。可现在，它却正在死去。"大角鹿黑影悲伤地抬起头仰望古树。

"一群瞎子！破坏塔兰大陆的是墨特米西！不是我。"易天爵急促地呼吸着，鼓起勇气大喊，"我成为大酋长，就是为了打败他！"

"关于这一点，我倒是听说，有一个新来的外乡人保护了我

族的后裔。"始祖鸟黑影迟疑地扇动了两下翅膀。

"我们为什么要相信你，小不点？你有什么能耐？"天空中响起鲸鱼黑影洪钟般响亮的声音。

易天爵龇着牙，闭上眼深吸一口气，用尽全身力气发动巨猿术，身体飞快地膨胀变大。"这就是我的力量，要较量一下吗？"

"较量？哈哈哈！"巨猿黑影仰天大笑着站起了身，柳嘉震惊地发现它的个头几乎和石头峰一样高，震耳欲聋的声音如同炸雷，"现在，你还想较量吗？"

"我在你的眼中看到了恐惧和犹豫，小不点。"鲸鱼的声音中带着一丝嘲笑，"不过既然你口出狂言，我们或许可以给你一次机会。"

巨猿重新蹲下身，冷冷地看着易天爵。"只有能战胜绝望之力的人，才能得到我们的认可，成为塔兰大陆的大酋长。"

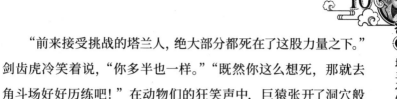

"前来接受挑战的塔兰人，绝大部分都死在了这股力量之下。"剑齿虎冷笑着说，"你多半也一样。""既然你这么想死，那就去角斗场好好历练吧！"在动物们的狂笑声中，巨猿张开了洞穴般的大嘴。柳嘉惊讶地看见，两排比长矛更加粗硬锋利的尖牙显现在白雾中，飞快地朝易天爵咬了过去。

"易天爵，当心！"

柳嘉发动朦胧术，飞快地扑向了易天爵。

就在他抓住易天爵的一刹那，巨猿的大嘴随着粗重的呼吸声落了下来，柳嘉和易天爵的四周瞬间变得无比黑暗。

柳嘉紧紧闭着眼睛，感觉自己像落叶般在狂风中飘飞、旋转，一个男孩说话、叫骂和笑闹的声音像倒放的歌曲不停地在他的耳边回响，并且声音变得越来越稚嫩，直到渐渐消失。

第十幕 结束

第十一幕

影子角斗场

不知道过了多久，男孩的声音像风一样渐渐远去。

柳嘉缓缓地睁开了眼睛，出现在他面前的竟是一个像梵高油画般后印象派的世界。他伫立在一片微波荡漾的幽蓝水面上，周遭的一切，甚至连空气，都像水流一般，荡漾着短促而细碎的水波纹路。

深蓝色的天空中，十几个大小不一的太阳宛若绽放在流水中的向日葵，向四周扩散着一圈圈金色的涟漪。

微风似半隐的水浪，轻盈地在柳嘉眼帘前飘动，忽隐忽现。

柳嘉发觉就连他自己也都变得皱巴巴的，像是水中被扰乱的倒影。事实上，柳嘉所在之处正是水下的倒影世界。

他很快便发现，易天爵正和他脚底相连地站在水面的另一边，迷茫地四处张望着似乎一望无际的印象空间，周围的一切都氤氲不清。

几道犹如来自天堂的淡金色光束，从厚厚的深蓝云层中投射下来，穿透水面成为倒影世界里的"太阳"。

柳嘉尝试着走动几步，发现自己在倒影世界中可以行动自如。然而当他大声呼喊易天爵时，声音却像被闷在了水里，无法传出去。

这时，易天爵的周围刮起了一阵大风，倒影世界中的景象随之翻涌，变得支离破碎，像无数块积木般错落地拼接在一起。

直到大风平息，倒影世界才再次恢复成油画般水纹荡漾的模样，只不过景象幻变成了一个篮球场，五个男孩的身影渐渐浮现在了柳嘉的身旁。

这些男孩个个人高马大，有三个是高年级学生，还有一个

看起来已经是初中生了。

不过最引起柳嘉注意的，是站在他们中间的六七岁大小的男孩。他身材消瘦，坚毅的脸颊上两道上挑的浓黑剑眉和目光冷峻的双眼让柳嘉很快辨认出，那是年幼的易天爵。

水面上的易天爵低下头，诧异地看着自己的"倒影"，而"倒影"小易天爵则冷傲地注视着前方，没有人察觉到柳嘉的存在。

男孩们将一个和小易天爵年龄相仿的胖男孩围困在篮球架下，一个小平头男生蛮不讲理地夺走了胖男孩手中的钱包，清点之后，一双眯缝眼突然亮成两盏灯泡。

"嘿！这个胖子竟然是土豪，有两百多块！"

胖男孩就像受惊吓的土拨鼠，害怕地抱紧怀里的记事本，蒲扇一般的招风耳涨得通红，说："那、那是奶奶给我买漫画书的钱……"

"胖子，今天算你运气不好。"个头最高大的男孩用力拍了一下胖男孩的头，咧嘴时露出一口黄牙，"我们'铁广五战神'肚子饿了，你就当上交保护费吧！"

"这是什么？"一个满脸雀斑的男孩好奇地抢过胖男孩的记事本，胡乱翻了几页。

"还给我！那是我画的漫画！"胖男孩急得大声阻止。

"这也叫漫画？"

"名字土爆了，《大英雄战记》，作者胡小羊！"

男孩们凑在一起，看着记事本里歪歪扭扭的画面，大声嘲笑。只有小易天爵不为所动地站在原地，眉头皱得越来越紧。

"胖子还想装文艺？"雀斑男孩一脸坏笑着，用记事本扇起了风，"这本子还不错，等会用来包薯条。"

"拜托！还给我！我好不容易才画完第一话……"胖男孩胡小羊跳起来想要抢夺记事本，却被旁边一个刺猬头男生绊了脚，脸朝下地重重摔在地上。

男孩们得意地大笑着，招呼了一声小易天爵，拿着钱包和记事本扬长而去。

胡小羊趴在地上泪流满面，伤心地大哭起来。

柳嘉愤愤不平地捶了一下手掌，他低下头，发现易天爵正站在一小片没有演化成水泥地的微澜水面的另一边，双眼中流露出讶异而又充满歉疚的目光。

这时，一个被斜阳拉长的身影像条轻柔的毛毯，盖在了胡小羊的身上。

"喂，别哭了，还给你。"

柳嘉和胡小羊不约而同地转头看去，发现小易天爵竟然独自折返了回来，并将男孩们抢走的记事本递到了胡小羊的面前。

"谢、谢谢你。"胡小羊赶紧从地上爬起来，涕泪横流地接过本子，害怕地缩着脖子望着小易天爵，"你、你不是'铁广五战神'一伙的吗？"

"喊，今天刚入伙，现在离队了。"

小易天爵叉着腰，恼火地龇出了小虎牙。

"他们欺负弱小，不是好汉。"小易天爵高傲地用手指擦了擦鼻子，"而我，要做大英雄！"

小易天爵的声音渐渐变得遥远，柳嘉周围的景象再一次扭

曲了起来。他脚下的水泥地变成了旋转着巨大漩涡的水面，而他和胡小羊、小易天爵，甚至是刚才的篮球场、周围的树木以及天空全都被拉长变形。

最后成了一缕缕色彩鲜艳的水流，跟随着漩涡的转动互相扭转融合，变幻出更多的颜色。

柳嘉感觉像坐过山车一样头晕胸闷，当他的忍耐快到极限时，水面终于再次平静下来，柳嘉也恢复了原本的身形，摇摇晃晃地站在一条街道上。

除了易天爵所站着的那一小片水面外，街道的地面铺满了鹅卵石，汉堡店门口明艳的暖黄色灯光让这条行人稀少的街道充满了欢乐与恬静。

胡小羊坐在店门外的浅蓝色方形餐桌旁，向正朝他走来的小易天爵激动地挥手。水面的另一边，易天爵盘腿坐在了水面上，咧起一边嘴角，露出一抹怀念的笑。

"有事，快说。我今天，很忙。"小易天爵不耐烦地在胡小羊对面坐下。柳嘉好奇地凑上前，用手在胡小羊和小易天爵之间挥了挥，仍然没有人察觉。

"易、易天爵大哥，生、生日快乐！"胡小羊怯懦地将一个装在盒子里的牛肉汉堡，推到了小易天爵的面前，上面还插着一个数字"8"的生日蜡烛。

小易天爵望着生日蜡烛上跃动的火焰，惊讶地愣在了那里。

"我打听到，今天是易天爵大哥的生日。"胡小羊从身后拿出一本活页绘图本，"这……是我送给易天爵大哥的生日礼物。"

　　小易天爵接过了记事本，柳嘉发现封面上竟然写着，《天爵英雄战记》，胡小羊绘。

　　小易天爵的目光随着烛火一起微微晃动起来。然而好景不长，当他翻开记事本的第一页时，脸上感动的神情顿时灰飞烟灭，睁大的眼睛里只剩又惊又恼的火光。

　　柳嘉好奇地探过身，倒吸了一口凉气，漫画中的主角"小易天爵"被画得扭曲变形，就像一只张牙舞爪的"反派恐龙"，至于漫画中的背景，简直比抽象画还要更离奇古怪。

　　"易天爵大哥上次说要做大英雄，所以我就以你为主角，画了这个漫画的第一话。"胡小羊小心地瞟了小易天爵一眼，"我、我以后想当一个漫画家，虽然我现在画得不好，但我想一直画下去，所以，我、能不能和你做朋友？"

　　砰！记事本被小易天爵拍在了胡小羊的头顶上。

　　胡小羊害怕地缩起了脖子。

　　"哼，先收你做实习小弟。"小易天爵一口吹灭了蜡烛，不耐烦地撇了撇嘴，"画好了，再转正。"

　　"谢、谢谢易天爵大哥！"胡小羊激动地大声说，两颗大门牙在灯光下闪闪发光。

　　"嘁，真麻烦。"小易天爵啃了一大口汉堡，不太自然地把目光瞥向了旁边，"总之，谢了。"而易天爵的身影依旧盘腿坐在水面的另一边，只是脸上怀念的笑容更深切了。

　　倒影世界中的景象再一次变成无数条颜色绚丽的水流，随着出现在水面中的巨大漩涡飞快旋转，互相杂糅在一起。

　　这一次柳嘉感觉适应了许多，他依稀看见蓝金水流混合幻

11

影子角斗场

化成了倒影世界的天空与夕阳。那些掺杂着些许浅灰的深棕色水流，则变成了两排低矮的厂房，死气沉沉地伫立在街道两旁。

最后一股黑色水流回到柳嘉的头发上时，他终于站稳了。

当视线变得清晰，他发现自己正站在一个狭窄破旧的小巷子口，而胡小羊正被自称为"铁广四战神"的那几个男生围堵在巷子里。

"胖子，易天爵在哪儿？"雀斑男孩抢过胡小羊的活页绘图本，威胁道，"他以为'铁广四战神'是想来就来、想走就走的吗？叫他出来！"

胡小羊就像一条砧板上的鱼，被紧紧地摁在墙上，他瑟缩着用双手紧紧抱住头，却仍然倔强地回答："我、我不会告诉你们的！"

"嘿，还挺讲义气。"剃着小平头的男生坏笑着攥起拳头，"看来吃点苦头，你才会老实。"

胡小羊害怕得眼泪直流。"我、我什么都不知道！"

"胖子就是皮糙肉厚。"高个子男生恶狠狠地扬着下巴，"兄弟们，好好'伺候'他。找不到易天爵，就让胡小羊当替罪羊！"

小平头将胡小羊揪到了他们中间，和雀斑男孩一边对他拳打脚踢，一边破口大骂。

胡小羊痛苦求饶的大哭声让柳嘉害怕得浑身发颤，而在水泥路中央一小片水面的另一边，易天爵正惊愕地看着被"铁广四战神"羞辱和欺负的胡小羊，身体就像快要爆炸的火药桶般，激烈地抖动着。

就在这时，小易天爵叼着一根小树枝，悠哉地出现在了巷子口。

他困惑地朝吵闹的巷子里看去，顿时惊吓得呆站在了原地，嘴里的小树枝掉落在了地上。

胡小羊已经痛哭得连话都说不清楚了。

他突然转过了头，与站在巷子口发愣的小易天爵四目相对，脸上浮现出惊喜的表情。让柳嘉出乎意料的是，小易天爵竟惊恐地后退几步，扭头藏进了巷子里。胡小羊因为希望而变得明亮的眼眸，迅速黯淡了下去。

"胖子，说，易天爵在哪儿?!"

男生们继续欺负胡小羊。

胡小羊沉默了两秒钟，仍然大哭着坚定地回答："我、我不知道，呜哇！"

没过多久，"铁广四战神"终于失去了耐心。

他们将胡小羊画的《天爵英雄战记》撕得粉碎，扔在了地上，意兴阑珊地转身朝巷子另一边走去。

"哼，什么天爵英雄，明明就是个狗熊！"

空荡荡的巷子里，回响着"铁广四战神"的笑声。一直等到他们的身影消失不见，小易天爵才步履沉重地走进巷子，站在了抽泣不止的胡小羊面前。

"对不起，我来晚了。"小易天爵低下头，又羞又恼地咬牙说道。

胡小羊吃力地睁开红肿的双眼，摇了摇头，露出一个凄凉的笑。

“没什么，我知道的。就算你来救我，也没有用，他们太厉害了。而易天爵大哥，并不是真正的大英雄……”

胡小羊没有去拾捡地上那些漫画的碎纸片，他一边用手抹着眼泪，一边转身踉跄着离去。

易天爵看着小易天爵蹲下了身，从地上捡起活页绘图本，封面已经被撕成了好几片，"天爵"和"大英雄"这两个词之间，被拉开了一道长长的裂缝。

一行屈辱的眼泪，顺着易天爵的眼角滑落了下来。

第十一幕 结束

ACT
12

第十二幕

大酋长归来

　　空荡荡的小巷子里，只剩下小易天爵捏着那半张活页绘图本的封面，难过地低声哭泣。

　　水泥地就像融化的冰块，变回了微波荡漾的水面，易天爵站在水面的另一边，羞愤难当地低着头。他和小易天爵此刻脚底相连，仿佛成了彼此的倒影。

　　柳嘉轻轻地叹了一口气，他正想将手搭在小易天爵单薄的肩膀上，一道闷雷般的声音突然在天空中响起，这是寂静山谷中巨猿的声音。

　　"外乡人，说吧，你想要什么？"

　　小易天爵用衣袖费力地擦了一把眼泪，哽咽着回答："我想

要力量。"而在水面的另一边，竟传来易天爵说出同一句话的声音。

"力量？"巨猿冷笑了一声，"人们都渴望得到力量，然后窃为己有，为所欲为。"

易天爵和小易天爵一起摇了摇头，异口同声地说："如果我有力量，朋友就不会被欺负！我想伸张正义，成为真正的大英雄，而不是大狗熊！"

"哼，单纯的小鬼。"巨猿轻蔑地哼了一声，"你可知道，得到力量的人，也必须承担起同等沉重的责任？我已经见过无数的人被压垮，死在他们所渴求的力量之下。"

"可是，如果没有力量，就连自己身边的人都保护不了……那活着，和死了有什么区别？"

易天爵和小易天爵同时抬头，望着如火焰般鲜红夺目的天空，眼中充满了渴望和愤懑。

"所以，请你把力量借给我！"

巨猿沉默了。

柳嘉周围的景象再一次扭曲起来，然而这一次不仅仅是倒影世界，就连易天爵所在的世界也被拉扯变形成了无数股色彩斑斓的水流，最终和倒影世界中的水流互相追逐纠缠在一起。

有那么一瞬间，化身为其中一股细小涓流的柳嘉感觉自己仿佛与世间万物融合在了一起，他甚至能听懂清风的高歌和落叶的悲泣。

很快，流水幻境化去，他又一次恢复到了自己本来的模样。

他和易天爵终于回到了寂静山谷，站在了那棵巨大的古树前。

插在树干上的石斧，正微微闪烁着深蓝莹光。

巨猿和其他动物的黑影，全都肃穆地盘坐在古树周围的浓雾中。

"不知死活的小鬼，既然你如此执着于力量，那就让我们看看你的勇气和觉悟。"巨猿声音洪亮地低吼，"拔出石斧，你就能得到大酋长之力！如果无法承受这沉重的力量，你将会被反噬，燃烧成灰烬，被永远地抹除于塔兰大陆之上。"

"易天爵，博古医生说过，在梦域碎片中被抹除，现实世界的精神会受到重大创伤。"柳嘉担忧地轻声提醒。

这一次，易天爵仿佛听见了柳嘉的声音，但他只是不屑地撇了撇嘴。

"你们的废话，还真多。"易天爵毫不犹豫地走到了石斧前，目光中充满了渴望与兴奋。他用手臂紧紧地抱住比胳膊还要粗的石斧手柄，咬紧牙根，拼尽全力地向外拔。

石斧上莹光闪耀，就像有生命的蓝色河流一般，顺着易天爵手臂上的血管，往他的身体里流淌而去，在皮肤下闪烁着寒芒。

不仅如此，易天爵的身体也变得越来越大！

这并不是他发动了巨猿术后的效果。当蓝色莹光流淌到他的肩膀和腰上，易天爵的躯体已经胀大到正常的两倍，皮肤像是快要被巨大的身体撑破了一样，出现一道道树皮形状的纹路，易天爵发出了撕心裂肺的吼声。

"现在放弃还来得及，外乡人。"巨猿嘲弄地笑着说，"否则你将承受更加巨大的痛苦。"

"那天之后，我转学了。"易天爵已经汗如雨下，声音因为痛苦变得尖厉，"知道明德的校训吗？你这个臭猴子！"

"对！永不言弃！"柳嘉激动地冲上前，和易天爵一起紧紧地握住了石斧手柄。易天爵惊讶地看着柳嘉。

就在蓝色莹光注入柳嘉血管的一刹那，他感觉到自己的身体里仿佛掀起了一股股汹涌的海潮。难以想象的巨大悲伤、绝望、狂喜、恐惧不停地冲击着他的大脑、心脏，甚至每一根神经。这并不是寻常的肉体上的疼痛，而是更加难以承受的精神痛苦，无法用言语形容。

"大话精，你是白痴吗？"蓝色莹光已经流到了易天爵的脖子和大腿上，他五官扭曲地瞪着身体正在胀大的柳嘉，"从未见过像你这样的笨蛋！"

"你话可真多！"柳嘉模仿易天爵，高傲地咧起一边嘴角，结果却因为巨大的痛苦，面容扭曲地尖叫起来，"不是说过，好

朋友，要互相帮助吗?!"

"真是麻烦的家伙!"易天爵发出一声穿云裂石般的怒啸。

"这是哪里来的小鬼?"大熊惊讶地看着柳嘉，"没有我们的应允，他是如何进入寂静山谷的?!"

"也许，这就是天意。"大角鹿若有所思地喃喃自语。

忽然，一道炫目的蓝光在古树上炸裂，柳嘉的身体顿时失去了支撑，和易天爵一起轰然向后倒去，仰面躺在了地上。当蓝光渐渐熄灭，柳嘉的意识也随之陷入了黑暗，最后完全失去了知觉。

不知道过了多久，柳嘉感觉到一丝清冷的寒意。

他慢慢地睁开眼睛，发现自己躺在一个树桩形状的深灰色巨岩旁。在不久之前，岩石上曾旋转出一股巨大的龙卷风，但此时却已消失，不见踪影。

易天爵躺在他的旁边，痴迷地欣赏着手中那把梦幻的石斧，它已经变回正常的大小，正闪耀着幽幽的蓝光。

"真是漂亮的斧头!"柳嘉坐起身，兴奋地感叹。

"唵。"易天爵满意地微笑着，声音像和风一般柔软。

石斧的斧体是流淌着蓝色莹光的半透明晶石，斧刃锋利却散发着勃勃生机。由藤蔓扭曲而成的斧柄黝黑如夜空，镶嵌其间的白色兽牙却明亮若弯月。

这时，窸窸窣窣的声音再次响起，仿佛来自遥远的天空，又仿佛就在耳畔。柳嘉和易天爵警觉地站了起来。

"祝贺你，拔出石斧，获得了大酋长之力，并且收获了一段宝贵的友谊。"巨猿粗犷的声音，像山谷的回声般缥缈。

"但不要忘记，力量即是责任。"始祖鸟将翅膀扇动得呼呼作响。

"时刻提高警惕！"大熊严厉地提醒，"强大的人，一生都会与自己的影子战斗。另外，请不要侮辱狗熊！"

"石斧即吾等祖灵之力，赐名石吼！"剑齿虎的吼叫声，让柳嘉心惊胆战。

"大酋长，愿你拥有不悔的人生。"巨角鹿的声音轻盈飘荡。

"从现在起，"鲸鱼的声音明亮悠扬，"原石猴，祖灵一致认可你为塔兰大陆新的大酋长！"

动物们的声音飘然远去，天空中突然降下滂沱大雨。

柳嘉惊讶地看见，在树桩形状的岩石中央，竟然长出了一棵蓝色的小幼苗！

落下的雨滴在祖灵歌谣的指引下，汇聚成一股蓝色细流，从岩石周围的泥土中挣扎涌出、逆空而上，小幼苗浸泡在蓝色水流中，以惊人的速度生长着，不过数分钟，便已经长成了峭崖般壮硕的大树，伫立在岩石之上。

它的树皮闪烁着神秘的蓝紫色光泽，成百上千条枝条交织垂落，深深地扎进泥土里。枝干上生长出的一片片比蒲扇还大的蓝色树叶，层层叠叠地遮盖在易天爵和柳嘉的上方，整棵大树看起来就像一颗初生的蓝色巨茧。

雨渐渐停了，几缕透明的金色阳光从树叶的缝隙间照射进来，将悬挂在枝叶上的水滴点缀得晶莹璀璨。柳嘉目瞪口呆地看着这一切，而这时，蓝茧外响起了一声嘹亮的鸣叫。

　　"哼，有个大家伙来接我们了。"易天爵兴奋地咧起嘴角。他径直朝前方走去，挡在面前的粗壮树枝，竟然像自动门帘般向两边退开，让出一条宽敞的道路，以便易天爵通行。

　　"大酋长的待遇，还真不一般。"柳嘉羡慕地咂着嘴，飞快地朝易天爵追了过去。

　　来到蓝茧之外，柳嘉更是被眼前所见惊呆了！等待他们的竟然是一只三米多高的雄鹰！它仿佛披着朝霞，身上的羽毛是艳丽的蓝紫色，翅膀的边缘有一圈红色的尾羽，看上去就像是在燃烧的火焰。看见易天爵和柳嘉，它张开比船帆还宽大的翅膀，朝着天空响亮地鸣叫了一声。

"它说，自己是寂静山谷的圣鹰。"易天爵抚摸着巨大的金色鸟喙，翻身跳到圣鹰的背上，"上来，大话精！石头峰上那个外星混蛋，好日子到头了！我要让他知道，塔兰大陆，不是法外之地！"

柳嘉跌跌撞撞地爬到了圣鹰的背上，差点不小心拔下一根鸟毛，圣鹰恼怒地鸣叫了一声。

"它让你当心点。"易天爵得意地看了一眼身后的柳嘉。

"你能听懂它说话吗？"柳嘉惊奇地睁大了眼睛。

"唵。"易天爵迷惑地抓着后脑勺，转头看向旁边那棵蓝色的巨树，"大酋长之树……让我们去召集其他塔兰人，和外星混蛋战斗。喊，不用说我也会去。"

而这时，柳嘉突然感觉到手腕上的乾坤手环振动起来。

"是罗西、戚梦萦还有夜行者！"他欣喜地看着表盘上三个颜色不一样的光点正在往他和易天爵靠近，同时一条留言出现在表盘上。

龙卷风将我们吹散。我和罗西、夜行者现已会合。日落前在原石村见。

智火者

"哼。"易天爵亢奋地举起手中的石斧，巨鹰用力的扇动翅膀，"大话精，接下来，我们要大干一场！"

"没问题！"柳嘉得意地扬起一边眉毛，对自己竖起大拇指，"要说找麻烦，我可是'明德麻烦精'的最佳搭档！"

巨鹰的速度快得像风，不到半天的时间便载着易天爵和柳嘉飞遍了整个塔兰大陆。

他们在沼泽旁找到了黑石氏族，在火山脚下说服了药石氏族，此外还有羽石、盐石、炉石……

猫脸人看到易天爵手中的石斧，无不敬畏。而当他们听说，新任酋长将向墨特米西发起"复仇之战"，更是激动得哇啦大叫，纷纷宣誓臣服效忠。

残阳如血，几乎占据了大半个天空。

圣鹰在远处翱翔鸣叫指引，近处各个氏族划着巨型椰子壳做的船，乘坐耳朵像老鼠、身体壮如牛的兔子，还有长着羚羊角、斑马皮的长颈鹿，以及会发光的橘色蝙蝠等，跟随在圣鹰和大酋长易天爵的身后，朝原石村进发。

激昂的战斗号角，即将在塔兰大陆的上空吹响。

第十二幕 结束

ACT
13

第十三幕

战前真心大会

夜色降临，狂风呼啸的石头峰平顶上，两个身影正行色匆匆地赶路，他们佩戴在头发和胡须上的碎石饰物，在风中"咔嗒"作响。

"没想到，会长出新的大酋长之树！"碎石族长阴郁地冷哼，"原石忽那个老狐狸，竟然让无尾勇士去了寂静山谷。"

平顶上，两座填满闪烁蓝色光束海水的半透明巨大拱门岩石中，被捕获的动物们在躁动地游曳鸣叫。

"只要把大酋长之树毁了，他们就借不到力量了。"碎石汤不以为然，"很多年前，天神大人就是这样做的，砍下大酋长之树，然后抓住失去力量的蛮石斧大酋长。"

"愚蠢。"碎石族长严厉地打断了他，"弱小的碎石氏族能延存到现在，靠的是聪明的头脑，只做对我们有利的事情。毁掉大酋长之树，付出的代价太大了！"

他们没有再交谈。

不一会儿，像城堡一般高大的幽浮赫然出现在他们眼前，在月光下闪着凛凛的冷光。

碎石族长和碎石汤各怀心事地站上悬浮电梯，来到幽浮教室。

教室里光线昏暗，十几颗大小不一的透明蓝色圆球，忽高忽低地悬浮在半空中，球内分别显示着不同的画面。大酋长之树昌盛繁茂，铺天盖地的蓝色树冠，在静谧月色下，闪烁着耀眼的华光。

原石村里，各个氏族的猫脸人集结，正围坐在篝火旁互相攀谈。贝壳石洞中，族长们同戚梦萦、易天爵神情严肃地商讨着什么。

罗西坐在"泡泡蛟气球"的背上，朝海蛮王们的老巢遗忘海岸出发。

碎石族长和碎石汤慢慢在教室里走着，蓝色圆球上倒映出他们忐忑的脸和额头上渗出的大颗冷汗。

"晚上好，两位。"教室里突然响起墨特米西油滑的声音，"看来你们已经在我的监测球中，看到了塔兰大陆上正在发生的愚蠢事情。"

墨特米西和蛮石祭司坐着悬浮电梯，从天花板上方缓缓降

落，最后站在了教室的讲台上。

他突然转过身，用手指在黑板上飞快地滑动，黑色长袍在身后飞扬，不一会儿便写下了一长串奇怪的字符。

"新的大酋长＋各个氏族集结＋向天神下战书＝？"墨特米西指着黑板上的古怪算式，看向战战兢兢的碎石族长和碎石汤，"你们认为，结果等于什么？"

"他们绝不可能战胜天神大人。"碎石族长诚惶诚恐地说。

"这是当然，亲爱的碎石磨。这场战斗不仅仅属于我，也属于碎石氏族。"墨特米西轻佻地回答，将双手拢在背后，"一直以来，碎石氏族服从我的命令并负责监督其他氏族。而我为碎石氏族提供食物、教诲和一些生活必需品，这是一笔交易，我们过去都做得很好。但现在，我对你们有点失去信心了。"

"蠢材们，你们以为没有天神大人，塔兰大陆能容得下你们吗？"蛮石祭司声音阴哑地咒骂着，手杖上的晶石闪着电光，"碎

石磨，别忘了你的好朋友们曾经对你做过些什么！"

"碎石氏族不会忘记被其他氏族轻视的仇恨。"碎石族长哆嗦着不停擦着额上的汗珠。

"我们愿意跟随天神大人！"碎石汤着急地表忠心。

"很好。"墨特米西满意地点了点头，"我要你们马上启程，去烧毁新的大酋长之树，让新任的大酋长失去力量。"

这时，一颗巨大的蓝色光球从天花板上降落下来。

球体中，一名体格如石头山般雄壮的生化改造人，沉默地坐在威严的巨型岩石座椅上，仿若王者俯视着石座之下的一切。

"蛮石斧大酋长！"碎石族长的声音在激动地颤抖，"还有酋长之斧'破石'！"

"那是他过去的名字，碎石磨。"墨特米西陶醉地欣赏着光球中的生化改造人，"他现在是墨里墨特星球之光——墨里墨特墨！趁着这个机会，我要向我的学生们好好地展示一下我的研究成果，顺便让那几个不听话的小捣蛋鬼束手就擒。"

墨特米西用力扇动了两下长袍，教室里回响起他不可一世的大笑。

"我要让所有人知道，塔兰大陆不需要大酋长，只需要永远高高在上的天神。"

与此同时，在千里之外，原石族长担忧地站在原石村口，单手扶着那块最为高大的旋风岩石，眺望着不远处的丛林。

"原石菜和牙石氏族的勇士们去林子里'加菜'，怎么还没有回来？"

"别担心，原石忽。"牙石族长走过来轻轻拍了一下他的肩膀，"那些孩子都很勇敢，就算是夜晚打猎也没问题。你倒是应该想想碎石磨……碎石是唯一没有响应大酋长召唤的氏族。"

"我们曾是要好的朋友。"顽石族长走上前，深深地叹了口气，"当他成为天神的走狗后，我对他破口大骂。等我也成了族长，才明白他的无奈。"

"碎石氏族生活的地方，食物少，气候差。"原石族长叹了口气，"要不是碎石磨，也许碎石氏族早就灭亡了。"

"现在说这些已经太迟了。"牙石族长摇了摇头。

"明天将会很漫长。"原石族长目光悠远地看着远处，忽然他皱紧了眉头，疑惑地看着远处正飞奔而来的几个黑影，"那是原石菜他们?"

"看他们那么兴奋，应该是有大收获。"顽石族长满意地点了点头，其中一个黑影突然捂着屁股，高高地跳了起来。

"他们都是了不起的勇士，我们塔兰人的未来，就要靠他们了……"牙石族长充满期待地深深吸了一口气。

此时，在如海浪般翻涌的红草荒原上，来自各个氏族的两百多个猫脸人，围坐在大大小小的火堆旁，将小小的原石村挤得连走路的空隙都快没有了。

夜行者亢奋地和羽石氏族讨论着飞行技术。

戚梦萦和牙石蜜则将几个临时制成的土陶碗盛满鲜鱼汤，挨个递给猫脸人。所有的猫脸人无不心怀感激并连声赞美，甚至激动到接连打碎好几个陶碗。

柳嘉沮丧地嘟着嘴，独自盘腿坐在最角落里的一个小火堆旁，用树枝串起几朵他采来的小蘑菇在火上烤。

"一个是大酋长，一个是指挥官，还有一个去请援兵，为什么只有我是火头军？而且还是跟弥姆羊一起当诱饵！我在雾莲街，好歹也是个响当当的人物！"

"喂，大话精。"一个身影在柳嘉的旁边坐了下来，"烦人精说，你又闯祸了。"

柳嘉转过头，发现易天爵已经改头换面。

他头上戴着彩色羽毛做成的华丽头冠，用白色兽牙和石头精制的项链，一层层地挂在脖子上，围着一袭华丽兽皮和树叶做成的围裙，一条长长的毛尾巴拖在身后。

不过这一切，都不如腰间那把蓝色的石斧耀眼。

"这套乞丐装还挺适合你的。"柳嘉噘起嘴无精打采地说。

"喊。"易天爵不耐烦地拽了脖子上的项链扔在地上，"打个架，搞得这么麻烦。"

"总比我好。"柳嘉郁闷地嘟囔，"来这里这么久，你们都干得不错，只有我好像可有可无，老是挨骂，还被看不起。"

"这是大话精该说的话？"易天爵不乐意地低吼，但很快他的声音便柔软了下来，"我是来谢谢你的。"

柳嘉倍感意外地瞪大了眼睛。在猫脸人热闹的欢笑声和篝火的噼啪声中，易天爵像闹别扭一样拨弄着篝火。

"要不是你帮忙，我也许拔不出大酋长之斧。可恶，果然还不够强！"易天爵恼火地扔下拨火棍。

"易天爵，你为什么想当大英雄？"柳嘉忍不住问。

"因为，一个承诺。"易天爵的声音低了下来，抬头眺望着深沉的夜空。

他坚毅的侧脸让柳嘉想起胡小羊的朋友小易天爵，更让他想起在巷口治疗和保护流浪猫的易天爵。

现在的易天爵，似乎已经和从前不一样了。

"希望有一天，我也能变得和你一样勇敢。"柳嘉叹了一口气，用树枝戳了两下烤好的蘑菇。

"你在龙巢基地三神机面前，说'要自己改变自己的命运'，你在那时，就已经是勇士了。"易天爵咧嘴笑了起来，"好兄弟，以后一起战斗，一起冒险！"

"还有一起喂小猫，一起写作业！"柳嘉笑着将烤好的蘑菇串递到易天爵眼前，"一起吃蘑菇！"

"大酋长。"戚梦萦端着一个土陶碗走了过来，站在正在大口嚼着蘑菇的易天爵身边，"作战计划已经制定完毕了。请你誓师，为勇士们鼓劲。"

易天爵点点头站起了身，猫脸人纷纷举起武器，激动地大声欢呼。柳嘉突然感觉乾坤手环在振动，上面显示出一条罗西发来的信息：

口哨，我正在和泡泡蛟还有它的狐朋狗友开会，无聊得很，帮我转播一下你那边的情况。

你的主人：雪狼公爵

哼！柳嘉想了想，还是摁下了画面传送键，让动物援军们

听听大酋长的发言，应该没有坏处，柳嘉猜想。

易天爵叉着腰，神气地走到了猫脸人中间，双眼炯炯有神。"各位，我的语文成绩不好，说不出大道理。但如果有人，胆敢伤害朋友，我决不允许！我见识过墨特米西的力量，明天的战斗并不容易。但是，这一次，我们一定会赢，一定要赢。我们要告诉外星混蛋，我们有力量守护自己的家园！"

"呜里哇啦——呜里哇啦——"

"石砾石砾——石砾石砾——"

猫脸人激动地站起来，巨大的欢呼声让空气都为之震动。柳嘉和戚梦萦交换了一个欣喜的目光。

"尊敬的大酋长，我们愿意追随您，直到死亡！"

原石族长高喊着，虔诚地跪拜在了地上。

其他的猫脸人也都纷纷激动地跪倒，对易天爵顶礼膜拜。

"唵，另外，我……呃……"

易天爵还想说些什么，突然他发出一个震天响的饱嗝，让猫脸人全都安静了下来。

柳嘉困惑地看向易天爵，发现他就像喝醉了酒，脸上浮现出一抹红晕，双眼的视线变得模糊。

"我四岁还在尿床，五岁和公鸡打架，结果输了……呃……"

"易天爵，大酋长，你在说笑话吗？"柳嘉吃力地扶着东倒西歪的易天爵。

猫脸人全都抬起头，困惑地交换着猜测的眼神。

"我、我头晕，忍不住想讲几句真心话……呃……"易天爵

的声音像风一样飘忽不定，"我最近买了，超能小英雄内裤……我还收藏着，幼儿园里最漂亮女生的照片……"

"大酋长手上拿着的蘑菇……"药石族长突然惊讶地走了过来，她的头上戴着一顶巨大的蘑菇帽子，遮挡住了大半边脸，皱巴巴的嘴唇惊讶地颤抖着，"这是醉醺醺蘑菇，吃了会说出自己的所有秘密，不说完根本停不下来……"

"好样的，口哨，这个精彩镜头我录下来了，以后有大用处。"乾坤手环里传来罗西满意的口哨声。

柳嘉心里咯噔一沉，惊恐地捧着自己备受惊吓的脸，易天爵失去支撑，扑通一声摔倒在了地上，却仍然止不住地打着嗝。

"我六岁掉进粪坑里，差点淹死……七岁，屁股砸在仙人球上，爷爷帮我拔了一下午的刺……"

猫脸人忍不住大声爆笑起来，族长们则尴尬地低下了头，原石族长和药石族长焦急地想要喂易天爵喝口水，结果却全都被吐了出来，喷在了他们的脸上。

"我用爷爷的手表当诱饵钓鱼……呃……我还吃掉了乞丐大妈的葡萄……"

"哈哈哈！"听得似懂非懂的猫脸人笑得东倒西歪。

"小猴子想要当大酋长，路还长着呢！"夜行者阴阳怪气地笑着说。

"呜……"易天爵的眼睛已经挤成了一个斗鸡眼，怒不可遏地大吼，"我、我……大话精！你死定了！"

柳嘉的惊呼夹杂在猫脸人的哄笑声中，在红草坡上久久回荡。

"我真的，不是故意的！

"易天爵，你一定要相信我！

"不不不，这蘑菇我绝对不能吃……"

—— 第十三幕 结束 ——

ACT
14

 第十四幕

墨里墨特墨

第二天早上，天刚蒙蒙亮。

各个氏族的猫脸人便拿着武器，在原石村前的红草荒原上，紧锣密鼓地整军列队。根据他们向墨特米西下达的战书，太阳升起之时便是决战时刻。

戚梦萦站在悬停于队伍上方的帆船上，用乾坤手环和罗西商议着什么。柳嘉举着一个破旧的单筒望远镜细心探察远方的动静。

易天爵穿着大酋长的战袍，坐在圣鹰背上，手握酋长之斧，气宇轩昂地位于队伍的最前方。

一道白光突然闪现在距离他们不远的半空，在被狂风卷起的枯草梗中，银色幽浮一边舒展开高大的船身，一边缓缓地降落。

当幽浮完全停稳在红草地上时，墨特米西和外星学生们乘坐着悬浮电梯从幽浮的底部徐徐出现。

外星学生们每人怀里都抱着一颗樱空龙蛋，头顶上的雷达变成了一顶遮阳伞，而在他们的身后，缓缓伸展出一架悬浮的金属躺椅，他们可以像在海边晒日光浴般，悠哉地靠在上面。

"早上好，各位。"墨特米西神清气爽地拉扯了一下黑长袍，幽浮将他的声音瞬间放大了好几倍，"在开始今天的战斗之前，我想请你们先看一则塔兰大陆的早间新闻。"

一道光束切开空气，塔兰大军的正前方出现了一块和幽浮教室里巨型黑板一般大小的光影屏幕。

光影中，一株蓝紫色苍天古木正燃烧着熊熊大火。

碎石族长站在古木的不远处，指挥碎石汤带领族人将烧红的火把朝大树投掷，漫天火光充斥着整个光影屏幕。

"天哪！那是大酋长之树！"

猫脸人大惊失色地大声叫喊。

"碎石磨！你这个老混蛋！"巨石族长怒不可遏地诅咒。

圣鹰突然发出了一声尖啸，将易天爵掀倒在地，拍打着巨大的翅膀，独自朝酋长之树的方向飞去了。

易天爵骂骂咧咧从地上爬起来，意外发现手中的大酋长之斧——石吼，光芒渐渐地黯淡下来，最后竟变成了一把极为普通的小石斧。

"大酋长之斧是用酋长之树的骨血做成的，它们血脉相连。"原石族长走到易天爵身边，不安地说，"大酋长之树被烧毁，恐怕您的力量也……"

"注意！那边还有别的东西！"柳嘉站在帆船上，指着前方大喊。

挡在塔兰大军前方的光影屏幕突然消失，取而代之出现的，竟是成百上千个石头兵！这个石头兵团和他们之前见过的有些不同，除了那些个头和西瓜一样大小的石头兵外，还有许多其他变种。

"看哪！"墨特米西傲慢地大笑，"这些纳米石头人在我们的星球只是玩具，但在这里，却是横扫一切的尖端科技。"

外星学生们发出"哔哔"的应和嘲笑声。

"接下来，请同学们好好观察，塔兰大陆的低等原始生物们在遭受致命攻击时，会有什么样的反应，希望你们能完成一篇

精彩的论文。"

蛮石祭司用力跺了一下手杖，石头兵团闪烁起刺眼的电光。

"这下可不妙。"夜行者在帆船上低声说，"猫脸人因为大酋长之树被烧毁信心崩溃，小猴子也失去了大酋长之力，这场仗还没开打，恐怕就要输了。"

柳嘉焦急地趴在帆船边向下看去，果然猫脸人的眼中透露着明显的犹疑和恐惧，正畏缩着步步后退。

"罗西和援军正在赶来的路上，还需要一些时间。"戚梦萦深吸一口气，强迫自己镇定下来，"必须尽快想出一个新的作战计划！"

"可恶的外星混蛋。"易天爵紧握着失去了力量的大酋长之斧，用力擦了一下鼻子，对着墨特米西和蛮石祭司大喊，"你们别得意，就算没有了大酋长之力，我还有易天爵之力！就算只剩下我一个人，我也会战斗到底！原石狸告诉过我，勇士身后，没有退路。我要成为一个英雄，今天我绝不逃跑！"

易天爵洪亮的声音，随风传遍了被晨光照耀着的红草荒原。

猫脸人暗淡的双眼，重新绽放出了光彩。

易天爵目光倔强而又坚定地环视着帆船上的柳嘉、戚梦萦和夜行者，以及情绪再度高涨的猫脸人。

"为了拯救塔兰！"易天爵说着，高高地举起石斧，决绝地转过身，只身一人朝石头兵团冲了过去。

"易天爵说得对！我们不能做狗熊！"柳嘉激动地高呼，"为了救爸爸！"

"为了成为真正的狩梦人！"戚梦萦在帆船上坚定地大喊。

"为了在塔兰勇士大赛中死去的亲人和兄弟姐妹们!"

"为了大酋长!"

"冲啊,冲啊!"

"呜哩哩哩哩哩!"

猫脸人群情激愤地吼叫着,跟在易天爵的身后,奋勇向前冲去。

湛蓝的天空渐渐被乌云遮蔽,本来静谧的红草荒原上,响起震耳欲聋的嘶喊声。

"一群蠢材!我来把你们变清醒!"

蛮石祭司嗤之以鼻地冷哼。

站在阵营最前方的几排石头兵,看上去像一群肥胖的石头火鸡。它们在蛮石祭司的命令下,像孔雀开屏一般展开了扇形的尾巴,一根根尖刺状的尾羽变成了锋利的石箭,朝猫脸人发射过去。

不小心被石箭刺中的猫脸人,立刻倒在地上,陷入昏睡。

就在这时,"火鸡石头兵"的上空,突然下起了一阵"白雨"。

羽石氏族和顽石氏族,乘坐着他们的橙色蝙蝠,以及长着蜻蜓翅膀的白色小绵羊,纷纷向下发射"粪便弹"。被击中的火鸡石头兵突然发起了疯,像斗鸡一样互啄起来,碎裂成了一块块普通的岩石块,散落在红草地上。蛮石祭司恼羞成怒地连连跺脚。

"多么粗俗的攻击方式!"墨特米西站在幽浮旁对外星学生们解说,"竟然让魅影蝠和露露羊拉大便。不过大家可以记下,它们粪便中的酸腐成分,对电解石头兵有效。"

很快，塔兰大军和石头兵团开始短兵相接。

骑着羊角长颈鹿的盐石氏族，往嘴里塞进辣椒形状的"火盐花"，张嘴朝石头兵喷出一团团炙热的火焰。

牙石氏族和顽石氏族分别骑着七彩狐狸和独角犀牛，用藤鞭和兽骨手杖，奋力击退周围的石头兵。

巨石氏族戴着各种奇怪的拳套，和敌人扭打在一起。

原石氏族则趁机朝石头兵大声叫喊，透过"破锣喇叭花"扩大几十倍的声音，将敌人震得头昏脑涨。

就连颓废的黑石氏族和懒洋洋的炉石氏族，也都斗志高昂地加入了战斗，抱着灭火器大小的墨鱼，不停朝蛮石兵们喷洒着黑色的墨汁。

炉石氏族则在脖子上挂满了香蕉串，一边吃一边朝四周扔着香蕉皮，让冲过来的石头兵们打滑摔倒，偶尔有石头兵冲到面前，他们便缩进带有尖刺的龟壳里，让人奈何不得。

易天爵使用巨猿术，暴怒地紧握石斧，一个接一个地击倒面前的石头兵。

柳嘉和戚梦萦也跳下帆船加入了战斗，只是幽浮释放出的干扰磁场，使他们无法随心所欲地施行狩梦人技能，战斗中险象环生。

正如戚梦萦所担心的那样，没有接受过严苛战斗训练的猫脸人，很快便体力不支了。

而蛮石祭司的身旁，竟然整齐地排放着十二个充电宝，依次给手杖充电，让她能不停地召唤新的石头军队。

塔兰大军面对源源不断出现的敌人，体能和意志消耗严

重，逐渐溃败。易天爵、柳嘉和戚梦萦想要攻击墨特米西扭转战局，却被一大群石头兵围攻，陷入苦战。

"可恶，没有希望了吗？"

易天爵不甘心地瞪着仿佛胜券在握的墨特米西和蛮石祭司，在他的身后，猫脸人兵败如山倒。

"亲爱的助教，同学们的观察已经足够了，请你速战速决。"墨特米西突然高声嘱咐。

"是，墨特米西大人。"蛮石祭司再次用力跺了一下手杖。

柳嘉奋力阻挡石头兵团发起更为猛烈的攻击，发现天空中竟响起了一阵机器转动的轰鸣声，三架飞行器猝然出现在战场上空，正通体闪烁着金光。

"不好，墨特米西要轰炸我们！大家快跑！"柳嘉用尽全身力气朝大家示警，然而战场纷乱，他的声音瞬息被淹没。

圆球飞行器上的金光正在加速，逐渐凝聚成一点，柳嘉仿佛看见，可怕的死神正向他们步步走来。

正当柳嘉以为反抗墨特米西暴政之战，就此灰飞烟灭。

忽然间，一阵"倾盆大雨"从天而降。三个球形飞行器被"雨水"浸湿，摇摇欲坠的金色流光瞬间消失，一阵激烈的电弧咔嗞声后，飞行器颓丧地喷着黑烟，回到了幽浮的旁边。

"我的爆破仪！"墨特米西在幽浮下方，气急败坏地哀号。

战场上所有人后知后觉地抬起头，发现刚才的"雨水"竟是泡泡蛟和另外两只海蛮王飘游在半空中喷出的海水。

罗西像救世主降临般高傲地坐在泡泡蛟脖子上，打量着塔

墨里墨
针墨

兰大军和石头兵团混战的情形，嘲讽地吹了一声口哨。

"你们输得还真惨。"罗西的声音被乾坤手环的扩音器增强数倍，在战场上空回响。

"喊！战斗才刚开始！"易天爵不服气地反驳。

"罗西！援军呢？"戚梦萦心急如焚地环视着天空。柳嘉很清楚，只有三个海蛮王加入战斗，根本逆转不了眼下的局面。

"哼，我决心做好的事情，从没有失败过。"罗西露出一个自信的坏笑，"上吧，各位，它们就是你们要找的敌人。"

"泡泡！"海蛮王大叫一声，愤怒地朝石头兵们俯冲过去。不仅仅是它们，罗西身后的厚厚云层中，突然冲出了十几个巨大的身影，纷纷高声咆哮着，跟随在罗西和泡泡蛟的身后，朝石头兵团和幽浮冲锋！

"那是始祖鸟！还有怪鱼鸟！"柳嘉激动地欢呼，仰头看着罗西带来的"天降奇兵"。

海蛮王家族喷出巨大的水流把石头兵团冲得七零八落，三只始祖鸟用巨大的利爪将石头兵捏得粉碎。还有长得像鲤鱼的怪鸟、长着蝴蝶翅膀的水獭……所有柳嘉在塔兰大陆见过的飞鸟，几乎都赶了过来。

"怎、怎么会这样？！"蛮石祭司惊慌地看着被水流浸泡得短路的充电宝和手杖，完全失去了分寸。

就在这时，红草荒原再次激烈地震动起来，一大片烟尘犹如海啸般朝战场飞速逼近。

柳嘉狂喜地发现卷起这一片骇人尘土的，竟是在塔兰大陆上

奔跑着的动物。身长超过十米的巨型猛犸长毛象奔跑在队伍的最前方，紧跟其后的还有长着蓝色豹纹的野猪，顶着霹雳大嘴的晶石鳄鱼，就连弥姆羊们也都加入了战斗，它们用肉嘟嘟、毛茸茸的身体，将石头兵们接连撞飞。

樱空龙群远远地看见外星学生们正怀抱着它们的蛋，悠哉地吸食着，怒气冲天地鸣叫着朝幽浮飞扑过去。

"不自量力的家伙。"墨特米西低声怒骂。

幽浮四周突然出现了一圈像帐篷般的橙色光幕，将墨特米西和外星学生们以及蛮石祭司全都笼罩在里面。

樱空龙愤怒地用力撞击和撕咬橙色光幕，外星学生们害怕地缩瑟在了一起。

有了动物军团的加入，猫脸人重整旗鼓，继续朝幽浮逼近。

药石氏族在夜行者的配合下，迅速将负伤的猫脸人送到帆船上，载着他们脱离战场。

"罗西，来的时机正好。"

戚梦萦看着和泡泡蛟一起从天而降的罗西，欣喜地说。

"你是怎么说服这么多动物来参战的?"柳嘉好奇得眼睛闪闪发亮。

"多亏了你的现场直播。"罗西坏笑着指了指乾坤手环，"誓师大会，大酋长的'战前自白'非常精彩。以及……"罗西挥了挥手中那根带着猩红血迹的始祖鸟羽毛，"你给的始祖鸟信物。"

"可恶的死鱼眼、大话精!"易天爵满脸涨得通红。

柳嘉躲闪着易天爵凌厉的目光，挠挠头:"没想到，始祖鸟给我的还蛋谢礼居然帮上了大忙。"

"游戏到此结束了，捣蛋鬼们！"墨特米西突然恼怒地大喊。

他和蛮石祭司用力拍手顿足，试图吓跑想要冲破橙光屏障的动物和猫脸人："我对你们一再容忍，现在，我决定提前结束今天的课程！"

"少废话，外星混蛋，让我看看你还有什么本事！"易天爵叉着腰，高傲地咧起一边嘴角。

一道墨绿色的圆锥形光束从幽浮底部投射在墨特米西的身边，一个高大的身影在光束中缓缓降落。狩梦人神情紧张起来。

"那是生化改造人，墨里墨特墨。"戚梦萦僵硬地低喃。

墨里墨特墨降落在墨特米西和外星学生的中间，看上去就像一座绿色的钢铁堡垒。

他穿着厚重的金属盔甲，胸前挂着一个巨狼的面具，左手被改造成了金属手臂，右手则握着一把沉重的黑色石斧。他兽化后粗犷的脸上，四颗尖利的钢铁獠牙闪着暴戾的寒光。

"那把斧头是——破石！"

"那位是蛮石斧大酋长！"一些上了年纪的猫脸人，辨认出了墨里墨特墨，惊呼着放下武器，四肢着地，虔诚跪拜。

"蛮石斧，前任大酋长？!"柳嘉不敢相信地瞪大眼睛，"不是说他被墨特米西打败后就失踪了？"

"看来，他成了墨特米西的试验品，变成了我们之前在幽浮里看到的那个生化改造人。"戚梦萦冰冷地解答了柳嘉的疑惑。

"混蛋！"易天爵眉头紧皱，牙齿紧紧地咬在一起。

罗西冷哼了一声，意味深长地看着墨里墨特墨。

"各位同学不用害怕。"墨特米西强作镇定地安抚瑟瑟发抖的外星学生们，"墨里墨特墨作为生化改造人，对主人绝对忠诚。并且他还具备强大的功能，比如恐惧光环磁场，能让50米内较为低等的生物瞬间麻痹。"

"呵！"墨里墨特墨张开了钢铁打造的下颚，抬起穿着钢靴的双脚，径直走出了橙光屏障。

黄色沙尘仿佛王者的披风般，在他的身后凛冽飘动。

想要围攻他的猫脸人和动物，还没来得及靠近，便像触电般哀号着倒在了荒原上，就连天空中的飞鸟也纷纷坠落。

始祖鸟一家惊恐地鸣叫了一声，和海蛮王一起逃离了。

泡泡蛟瑟瑟发抖地缩小了身体，躲进罗西的外套里。

外星学生们纷纷振奋地"哔哔"议论着。

"目前启动的是，生物监测系统。"墨特米西重新变得扬扬得意起来，他像唱歌般陶醉地说，"墨里墨特墨的生物分解评分系统能非常精准地分析出当前物种的存在价值。"

"呵！"墨里墨特墨长长吐出了一口气，在他紧皱的眉毛下，双眼就像阴沉冰冷的石头，没有任何的感情。

忽然，他的眼球旋转，深褐色的瞳孔换成了一个金属探头，放射出两道紫光扫描着跪拜在他面前的猫脸人，发出机械的嘎吱声。

"塔兰大陆，原住民。身高1～1.2米。智力指标，2。体力指标，4。综合判定，垃圾。予以清除。"

墨里墨特墨的声音仿佛深埋在地下的铁鼓般，机械而又空洞，猫脸人在他巨大的阴影下魂不附体地挤成一团。

他高高地举起了漆黑的大石斧"破石"，毫不留情地朝猫脸人劈砍过去，却被变小的石斧石吼，拦截在了半空中。

"原、原石猴大酋长！"猫脸人心惊胆战地呼喊着。

易天爵发动巨猿术，拼尽全力抵抗着墨里墨特墨的攻击。"你们去安全的地方，这里交给我！"

猫脸人互相搀扶着，跌跌撞撞地朝原石村的方向跑去。

墨里墨特墨突然转动机械眼珠，放射出两道紫光扫描着易天爵："原石猴，石头部落大酋长，外域访客。身高，1.5米。智力指数，2。体力指数，8。武器，石吼。综合评分，废物。采样后清除。"

"咻！"罗西吹了一声口哨，"评分非常精准。"

"哼。"易天爵满头大汗地抵挡，"我马上让他怀疑自己的眼睛！"易天爵咬紧牙关，忽然灵巧地朝一旁翻滚，摆脱了墨里墨

特墨的重压，破石坚硬的斧刃沉沉地砸在草地上。

柳嘉和戚梦萦心惊胆战地发现，地面竟被巨斧破出一道近半米宽的裂口，两人不禁担忧起易天爵来。

"接下来，我将向大家展示，生化改造人的另一个不同寻常之处。"墨特米西继续对外星学生们侃侃而谈，"墨里墨特墨除了在生物研究领域能够带来极大的帮助，他还拥有战斗保镖系统，能够在主人进行生物采样和探索的过程中，对抗各种危险生物，并且还能够满足工作和学习之余放松、健身的需求。"

墨特米西按了一下手中的遥控手柄，墨里墨特墨的身体发出一阵嘎吱嘎吱的声音。

在所有人注目下，他的胳膊裂开成两半，露出皮肤下精密的机械零件和芯片线路。手背及前臂的肌肉模块向上凸起，"嗞

“嗞”声过后，竟变成了钢铁的拳套与盾牌。

“这是拳王模式。”墨特米西骄傲地说，“此外还有战车模式、飞行模式，以及原始人酋长经典模式。不过现在，”墨特米西双手靠在背后，一副胜券在握的姿态，傲慢地大声命令，“墨里墨特墨，将这些没有用的实验渣滓，替我统统清理干净！”

易天爵站在墨里墨特墨面前，就像一个小矮人。他憋足气发动巨猿术，但因为幽浮磁场干扰，只有一只手臂胀大得像柄充气锤，身体的其余部位伸缩不定。

“呵！”墨里墨特墨的鼻腔里喷出嘲讽的冷哼。他抬起左手，钢铁肌肉不停地重组变形，最后变成了比易天爵的“充气锤手臂”还要大三倍的钢铁巨臂。

易天爵不甘心地撇了撇嘴。

"愤怒巨爪!"墨里墨特墨低吼着抬起钢铁巨臂,朝易天爵用力挥过去。易天爵机敏地滚在地上,惊险地躲过了攻击。

"力量不错,不过我可不是只有拳头!"易天爵恼火极了,捡起身边一根猫脸人掉落的兽骨手杖,朝墨里墨特墨冲了过去,"野猪棍法!"

话还没说完,砸在墨里墨特墨手上的兽骨手杖,就像脆弱的树枝一样折断了。红草荒原陷入一片死寂,只有墨特米西、蛮石祭司以及外星学生们得意地哄笑着。

第十四幕 结束

游戏到此结束了,捣蛋鬼们!

哼嗯一

梦域空间

与塔兰
幽浮魅影

ACT
15

大酋长之战

"我们得做些什么!"

戚梦萦深吸了一口气,低声对旁边目瞪口呆的柳嘉和眼神闪烁的罗西说:"趁这个时机,请你们潜入幽浮,营救所有的受害人,寻找噬魂珠的下落。没有了大酋长之力的易天爵和墨里墨特墨战斗很危险,我们必须尽快完成狩梦任务。"

柳嘉用力地点了点头,罗西则不以为然地哼了一声。

"上船吧,小机灵鬼们!"

夜行者将帆船悬浮在半空中,抛下了一段绳梯。当柳嘉爬上帆船的甲板,发现船头处竟然架着一根黑铁炮管!

"夜行者!这是?"柳嘉和罗西好奇的眼睛闪闪发亮。

"没见过世面的小家伙们。"夜行者将一只榉木箱放到他们面前。

柳嘉好奇地打开，发现里面竟全都是学校上体育课用的铅球，罗西还从里面找到了一个过期的金枪鱼猫罐头。

"这个老古董，可是从'星夜海鸥号'上退役的。"夜行者从罗西手里夺过猫罐头藏进袍子里，像和老朋友打招呼一样轻拍了两下炮管，"虽然已经过时了，但勉强能用。"

戚梦萦抚摸了一下炮管上的海鸥标记，疲倦的脸上重新有了神采。

"柳嘉、罗西，因为幽浮磁场的干扰，狩梦人的能力发挥不稳定。我和夜行者用炮弹做掩护，到时候你们一定要看准时机，潜入幽浮。"

在被橙光屏障包围着的幽浮下方，墨特米西依然得意地炫耀着自己的研究成果——墨里墨特墨。

忽然间，一颗铅球重重地砸在了橙光屏障上，发出一声闷响。墨特米西和蛮石祭司以及外星学生们，受惊吓地抬起头，发现夜行者和戚梦萦驾驶着帆船，出现在了幽浮的侧翼。

"这些蠢材，以为靠这种东西就能击败我们？"

蛮石祭司冷笑着乘坐悬浮电梯重新回到了幽浮下方。她的手杖已经烘干，紫色晶石重新亮了起来。

"墨特米西大人，请让我来对付他们。"

"这样再好不过了。"

墨特米西环视了一圈倒在橙光屏障外的动物和猫脸人以及正对易天爵穷追猛打的墨里墨特墨，傲慢地解除了橙光屏障。

"好机会！我们得快点过去！"

柳嘉第十次尝试，终于成功发动了朦胧术。

他抓住罗西的手臂，一起隐匿在黑雾中，飞快地跑到了幽浮边，跳上了正缓缓升起的悬浮电梯。

墨特米西和蛮石祭司毫无察觉，柳嘉和罗西顺利地潜入了幽浮里。

幽浮中的阶梯教室此时空荡荡的。柳嘉小心翼翼地四处观察着，罗西却像是回到了自己的房间一样，快步走上了讲台，在上次那个蓝色金属控制台上，敲击几个按钮。

教室左边的门突然自动打开，出现了一段自动电梯。

"走吧，去二楼。"罗西自信地摇了一下脖子，"被抓来梦域碎片的蠢蛋们，说不定正在帮墨特米西洗餐盘。"

"罗西，你怎么对这里这么熟悉！"柳嘉有些不敢相信。

"你不知道的事情，还多着呢。"罗西诡异地翘起了一边嘴角。

此时红草荒原上，易天爵半跪在地上，大口喘着粗气，额头上像黄豆般的汗珠滴落不止。

墨里墨特墨巨大的钢铁手掌朝他抓了过来，易天爵来不及躲避，被一把抓住头发拎在半空中，就像一只垂死挣扎的兔子。

"混蛋，放开我！"易天爵愤怒地大吼，双脚在空气中不停地踩蹬。

"大酋长之斧，不是用来为虎作伥的。蛮石斧，你难道忘了在大酋长之树下的承诺吗？"

墨里墨特墨的机械瞳孔疑惑地扫描着易天爵，脖子每动一

下，便发出机械的嘎吱声。

"墨里墨特墨，不要听他胡言乱语！"

墨特米西远远地大喊，他按了一下手中的操控手柄，墨里墨特墨深深地呵出一口气，机械瞳孔中的紫光变得更加凶恶了。

他缓缓地抬起另外一只手，准备对易天爵发起致命一击。

完蛋了吗？易天爵在心里惊呼。

这时，天空中突然响起一声嘹亮的鸣叫，大始祖鸟竟扇动着翅膀，朝他飞回过来。

"来得正好。"

易天爵感激地笑了笑，他奋力摘下脚上的鞋子，朝墨里墨特墨的眼睛砸了过去。

墨里墨特墨下意识地用双手保护自己的眼睛，易天爵趁机一把抓住始祖鸟的爪子，逃离到了半空中。

墨里墨特墨将鞋子扔在地上，因丢失目标而大声咆哮起来。

易天爵带着一丝同情地冷哼："那个家伙已经不是塔兰大酋长了。不用客气，我们上！"

大始祖鸟仿佛听懂了易天爵的话一般，发出一声响亮的鸣叫，和易天爵一起朝墨里墨特墨俯冲了过去。

"酷毙了！"

柳嘉在幽浮的电梯上激动地大喊。

他从乾坤手环投射到眼前的光影屏幕上，看到了易天爵和始祖鸟冲向墨里墨特墨的战斗画面，感觉比看《超能小英雄》的电影还要精彩！

而此时，他与罗西已经到达了电梯的顶端，一个半圆形的前厅的中央，这里竖立着一扇银色的金属智能电控门。罗西查看了一下，再次轻松过关。

出现在他们眼前的，是一间全透明旋转餐厅。

这里的天花板和地面是用透明晶石拼接成的，闪耀着七彩光泽，让他们仿佛置身在宇宙绚丽的星云之中。十几张银色金属餐桌，整齐地悬浮在半空中，空气里还飘浮着淡淡的食物香味。

"哦？有人逃课。"

罗西翘起一边嘴角，不怀好意地朝餐厅一角看去，柳嘉惊讶地发现，那里竟然坐着两个外星学生，他们正围着一张餐桌玩炉石氏族的树叶牌。

"哔哔！"

"哔哔哔！"

看见柳嘉和罗西，外星学生们似乎也吓了一跳，大声尖叫起来。

"和逃课的学生沟通还是要看我的。"柳嘉得意地高高扬起眉毛，一边卷起衣袖一边走过去，双手重重地拍在餐桌上。

"树叶牌好玩吗？"柳嘉坏笑着扫视了一下面前的两个外星学生，"我跟你们俩玩一把，如果我赢了，你们就得告诉我们一些秘密，否则，小心我向墨特米西告发你们，就等着罚抄校规30遍吧！"

罗西将乾坤手环中的受害人相片，投射到半空中。

外星学生们好奇地看了看，然后互相对视了一眼，面罩上的电波沮丧地起伏着，最后点了点头。

柳嘉转过身，得意扬扬地朝罗西竖起了大拇指："看，不战

而屈人之兵，厉害吧！"

　　另一边，易天爵却并没有柳嘉和罗西这样顺利。

　　他从半空中跃下，踩在墨里墨特墨的肩膀上，死死抱住他青筋凸起的脑袋。始祖鸟鸣叫着，配合着用长喙和利爪攻击。

　　墨里墨特墨挥动双拳驱赶始祖鸟，易天爵趁机高高地举起石斧，用尽全身力气朝墨里墨特墨的机械瞳孔砸了过去。墨里

墨特墨就像突然断了电的机器人，身体的动作顿时停止下来。

"成功了！"易天爵抹了一把额头上的汗，欣喜地从墨里墨特墨的肩膀上跳了下来。

戚梦萦满头大汗地在帆船上转头看去，然而她的笑意刚刚浮上眉梢，便又飞快地沉了下去。

"太天真了，小猴子。"夜行者驾驶着帆船躲避着蛮石祭司和石头兵的攻击，"战斗现在才刚刚开始。"

易天爵也察觉到了墨里墨特墨的异状，他的身体就像高速转动的发动机般，突然飞快地颤抖起来。

紧接着，墨里墨特墨身体上的每一块"铁片肌肉"，都被钢铁模块化，然后不停地折叠变形，他的肩膀变得更加宽大，并且出现了两个向外弯曲的钢铁犄角。

左手变成了巨大的圆形电锯，双脚也都变成了坚硬的钢铁之足，除了他的一部分脸和握着石斧的右手外，墨里墨特墨几乎完全成了机械人。

"墨里墨特墨被攻击要害时，会自动启动紧急防御系统。"墨特米西得意地对外星学生们说，"现在的他，将启动最强战力，我想那个可怜的孩子，要被揍成肉饼了。"

外星学生们期待地"哔哔"助威。

大始祖鸟尖锐地鸣叫着，再次朝墨里墨特墨俯冲过去。墨里墨特墨抬起钢铁巨爪，一把抓住比他体形大出好几倍的始祖鸟，在头顶上用力摇晃。大始祖鸟一声悲鸣，像一团揉皱的纸，被重重甩在地上。

"呵!"墨里墨特墨抬起右手,高高举起破石,朝已经来不及闪避的易天爵劈砍过去。

这时,一枚铅球炮弹击中了墨里墨特墨左肩。趁着他片刻的停顿,易天爵迅速躲开了石斧的攻击。

"小猴子!放松警惕之时,就是死亡到访之日!"夜行者在帆船上大喊。

"谢了。"易天爵惊魂未定地喘着粗气,与此同时,乾坤手环提示,他的精神能量值已经低于10%。

戚梦萦在帆船上继续炮击墨里墨特墨,掩护易天爵。夜行者索性跳到了半空化成一团黑色滚球,不停地撞击着墨里墨特墨的左脑和肩膀,让他踉跄后退。

"讨厌的虫子!"墨里墨特墨恼火地低吼,他突然张开了钢铁下颚,发出一个比炸雷更为响亮的狂吼,"腐烂!"

易天爵感觉自己的身体仿佛快要被撕成碎片一般,脑子里只剩下嗡嗡的轰鸣声。

当他睁开眼睛,发现夜行者已经退回帆船,戚梦萦也浑身无力地趴在甲板上,脸色惨白。

"可恶,这家伙竟然还能超声波攻击。"夜行者恼火地咒骂。

"墨里墨特墨,把他们迅速解决,我们该下课了。"墨特米西开始有些不耐烦了。

墨里墨特墨提着石斧,杀气腾腾地朝虚弱的易天爵走去,沉重的脚步让大地震颤。

躲藏在附近灌木丛后的一群年轻猫脸人,不断地捡起石头,愤怒地扔向墨里墨特墨。

"怪物，离开原石猴大酋长！"

"我们只追随真正的勇士！你不是我们的大酋长！"

"讨厌的小爬虫们！"墨里墨特墨的钢铁身躯被石头砸得砰咚作响，他转动着头朝猫脸人走去，高高地举起巨斧，"没用的虫子，都要被碾碎。"

猫脸人惊惧得只能僵硬地站在原地。

"没用的害虫，是你！"易天爵竭尽全力从地上跳起来，耗尽全部能量发动巨猿术，紧握住那把小石斧"石吼"，拼命迎上墨里墨特墨朝猫脸人挥砍过去的大黑斧"破石"。

两把石斧在半空中相遇，迸射出金色的火花。

易天爵感觉手中的石吼似乎在不停地战栗，而他的身体则像快被撕裂般疼痛。

忽然间，他感到一股流动的能量透过石斧传到他的身体里，眼前出现一幕幕令人震惊的画面，如同一场锈色的梦魇。

夜色深沉，灰色的飞雪弥漫着整片塔兰大陆。

在塔兰最高的山巅之上，整个石头城燃起了熊熊烈火。

一艘巨大的银色幽浮悬停在石头城的上空，发出夺目的白光。

石头城的原住民们全都陷入了恐慌，在狂风烈火中尖叫着四散奔逃。

穿着银色制服的外星士兵在他们之间穿梭，抓捕着悲鸣的猫脸人。哭喊声从四面八方传来，汇聚在那座象征着石头城至高无上权力的高台之下。

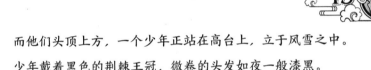

而他们头顶上方，一个少年正站在高台上，立于风雪之中。

少年戴着黑色的荆棘王冠，微卷的头发如夜一般漆黑。

他那如冰雪般苍白的脸上，被殷红的火光照亮。泛着幽蓝冷光的双瞳中，正燃烧着饥渴难耐的战斗欲望，并且仿佛永远都得不到满足。

他倏地抽出利剑，闪着寒光的利刃又让一个无辜的猫脸人就此倒下。

猫脸人倒在他脚边冰冷的石板上，象征塔兰人骄傲的石头项链，散落在身边的枯草中，幽怨的双瞳倒映着火光和一张悲愤得几近扭曲的面孔。

那张面孔的主人，塔兰大陆大酋长蛮石斧，身体在剧烈颤抖着。

他恐惧地看着眼前这个手握利剑的少年，杀死他弟兄、灭绝他族人的凶手！令人难以置信的是，这个少年仍和二十年前他们初相见时一般大小，似乎永远长不大。

蛮石斧俯望高台之下，那些驻守在石头城中的族人已经相继战死。

外星士兵们成群结队去抓捕石头城外的塔兰人了，远处不时地传来爆炸和猫脸人的惨叫声。

如今，在这座燃烧的石头城中，他成了唯一苟且存活的塔兰人，陪伴他的只有手中的那把沉重的"大酋长之斧"，这也是他仅存的自尊和最后的荣耀。

凛冽的夜风撕扯着焚烧的火焰，猩红的火星向上飞升，与银白色的飞雪在半空中纠缠。风的呼啸声犹如女伶的悲鸣，轻

唱着一首凄凉的冰与火之歌。

"蛮石斧，"少年冷冷地抬起手臂，用利剑指着他的头颅，"还记得我吗？"

蛮石斧意识到，少年说的是塔兰人的语言。那群无法沟通的冷血外星士兵，使用的是另一种语言，在他听来十分冷酷、可笑。

"你就是20年前降临过的那个天神吗？"

蛮石斧不屑地与他对视，尽管身体已经因为恐惧和悲愤而不能自己。

少年冷笑了一声以示承认："还记得我交给你的任务吗？大酋长！"少年对这个称呼充满了嘲讽与轻蔑。

蛮石斧预想过自己生命结束形式的种种可能，唯独没想到，少年竟然放过了他。这是对他最残酷的嘲弄。他的下巴绷紧，恐惧的眼神中混杂着仇恨、愤怒，还有一丝困惑。

少年感觉到了他的情绪，眼中闪过一丝得意。

"去吧，离开这里，"他继续说，"去告诉石头城之外的那些人你今晚的经历，告诉他们天神才是塔兰唯一的主人。他们必须臣服，否则鲜血将染红塔兰的每一条河流。"

蛮石斧用巨斧挡开少年的利剑，怒火在沉默中轰然爆发了。

"我们塔兰人在这片土地上生活了万年，我们与万物共生，与日月同行。我们靠着世代传承的力量和勇气，还有祖灵的智慧与教导，才让血脉延续至今。塔兰人绝不为奴！我们是自己的主人！"他凶狠地说。

少年冷冷地嘲笑着，语调听起来漫不经心。

"最开始，也有人这么说过。于是我击毁了兰翼联盟的战船，摧毁了空中之城。我带着那五十个傀儡战士，一天之内削平了整个虚无岛。我还像烤抹布一样焚烧了海底集市尼克斯……诸多的智慧种族都畏惧我，跪伏在我的脚下。而野兽般劣等的塔兰人，没有资格说'不'。"

"塔兰人不会屈服！"蛮石斧固执地回答。

"时间不多了，蛮石斧。"少年说，"代价，你可知是什么？"

"塔兰，无惧牺牲！"蛮石斧决绝地高举手中的巨斧，狂吼着朝少年劈砍了过去！那是石破天惊的力量。

他曾靠着这股力量成为蛮石部族的领袖，也因为这股力量被祖灵赐福为大酋长，甚至依靠这股力量战胜了塔兰大陆最凶猛的沼泽巨兽，保护了族人们的安全！

然而，这股力量如今却变得弱小不堪，少年很轻松地便将其化解了。

少年抓住了他的脖颈，比他的本能反应还要快得多！他感觉到少年的手指在收紧，紧接着，整个世界仿佛都在旋转。

当蛮石斧回过神时，他竟坐在一个木舟大小的冰冷飞行器上，飞行器的尾部喷着火，载着他飞快地穿过一片茂密的幽暗丛林。

月光透过层层叠叠的树叶洒下斑驳的灰影，他也被迫进入了黑暗。

在穿过密密麻麻的树枝时，蛮石斧向四周望去，发现周围的树下竟倒着无数塔兰猫脸人的躯体！

数十个，数百个，也许数千个……而这片森林似乎永远都没有尽头。

族人们最后的表情在黑夜中凝固，或恐惧，或悲伤，或愤怒，或麻木……蛮石斧看着其中许多曾经熟悉的脸孔，感到窒息极了。

他的心脏被撕裂成无数碎片，如岩石般坚硬的意志崩塌成了泥灰。

他流下了惊恐的眼泪，他多想此时倒在这里的是他自己，而不是这成百上千个信任他、追随他的族人。

当他虚脱地穿过死气弥漫的森林，飞行器不顾他的意愿，载着他继续向前。

直到经过蛮石部族的上空，再次遇见那个少年。

少年站在小山丘上，脚下开着遍地的小黄花，那是蛮石斧的女儿最喜欢的颜色，此时却全沾染上了鲜血。

一个年幼的猫脸女孩正站在少年面前，害怕地大声哭泣着。

"长夜终将余烬，白昼虚无永恒。梦终会醒，回去你自己的世界吧。"

少年抽出了冰冷的利剑，指着那个猫脸女孩，猫脸女孩悲伤地抬头看向夜空，和蛮石斧四目相对。

"爸爸……"

她很想抬起手，像往常欢迎父亲回家时那样，朝蛮石斧轻轻挥舞。可是她已经做不到了，一滴眼泪顺着猫脸女孩的脸颊滑落，滴在脚尖前的泥沙里。

蛮石斧发狂地嘶吼着，不顾一切地从飞行器上跳了下去。

少年傲慢地看着他，手中的利剑闪着寒光。

"你这个杂种！"蛮石斧抱着女儿冰冷的身体，诅咒狂吼，"魔鬼！"

他握紧手中的巨斧，不顾一切地朝少年劈砍过去！

他要削断少年的骨，撕下他的皮，才能稍稍消减心中的怒火！

然而少年只是脚步轻盈地闪避，神情如此的漫不经心。

蛮石斧被愤怒驱使，奋不顾身地攻击，但没有丝毫作用。

少年打了个哈欠，突然挥舞利剑，巨斧斧柄在蛮石斧的手中折断了，象征着大酋长荣耀的斧头跌落地上，沾满了尘泥。

蛮石斧放弃了象征荣耀的巨斧，此刻他的心中只有仇恨！

蛮石斧握紧双拳，朝少年怒吼着冲去。

他挥拳的速度越来越快，然而少年弯下腰、蹲下身，就像在夜风中翩翩起舞的幽灵，根本无法被捕捉！

渐渐地，蛮石斧挥拳的速度变慢了，他满头大汗、气喘吁吁，但仍然步履蹒跚地朝少年接连攻击。

忽然间，少年汇聚力量，身后骤然出现一对血色羽翼！

"蛮石斧，"少年冷笑着，"蝼蚁的力量，如何抵御山岗？"

血色羽翼扇动，少年飞升到空中。

他挥动利剑，抵在了蛮石斧的咽喉上。

"混沌的光影，已经从暗礁堡延伸到月墟荒原。我是混沌的利剑，负责扫除所有前进的障碍，无论是塔兰人，还是狩梦人。"

少年将剑尖朝蛮石斧的喉咙刺得更深。蛮石斧张开嘴，但却发不出声。

"你的梦醒了。"少年继续说，"要感到庆幸，在此之后，塔兰将没有未来，无比黑暗，当然，你再也看不到了。"

蛮石斧无法说话。他感觉生命正在流逝，只能用发红的双眼，狠狠地瞪着眼前的魔鬼。

"你想让更多的族人，尝一尝你刚才的痛苦吗？失去家人，失去荣耀，失去生存的立足之地……"少年收起血红羽翼，走到他身边轻声低语，"或者，你自愿沦为我的奴隶。"

蛮石斧痛苦地抽吸着冷气。

他突然意识到，那些最后的、绝望中的塔兰族人，正在这片夜空下的某个角落里瑟瑟发抖。回忆起前任大酋长的嘱托，还有祖灵们的叮咛。蛮石斧突然失去了最后的气力，跪倒在鲜血淋漓的土地上，放声痛哭起来。

"为了仍然幸存的族人，为了所有的亲人……"他声音嘶哑地低语，"塔兰人不会屈服，但我愿为了族人的性命，奉你为主。"

少年仰起头，放声大笑起来。

"驯服一头野兽，比杀死他有趣得多，不是吗？"

他将一瓶蓝色的药剂扔在了蛮石斧身前的草地上，冷冷地命令这位塔兰大陆的大酋长。

"喝下去。"

蛮石斧拿起了那一小瓶药剂，咬牙痛饮。

刹那间，剧痛和震惊淹没了他的意识！

在他最后的模糊视线中，少年露出了轻蔑的冷笑，他的声音如同飞行在夜空中的乌鸦，充满了不祥与邪恶。

"恭喜你，成了一个残酷而野蛮的怪兽。

"我的第 76 号实验体。

"墨里墨特墨。"

画面渐渐消散。

易天爵震惊地看着眼前的墨里墨特墨，目光犹疑。

他忽然明白，自己刚才看到的，正是前任大酋长蛮石斧悲惨的一生。

"投降，饶你不死！"墨里墨特墨低声怒吼。

"绝不！"易天爵咬牙切齿地回答，"我绝不会踏上你的老路，向一个疯子认输！塔兰人即使卑微地活下去，又有什么意义？"

"呵！"墨里墨特墨呵出一口愤怒的气息。

"寂静山谷的老家伙们告诉我，力量即是责任。"易天爵气

喘吁吁地说，"虽说我承担了责任，却并没有获得想要的力量，但只要一息尚存……我就会战斗到最后！我要保护朋友，保护这片美丽的大陆！我和你不一样，我绝对不会向邪恶低头认输！"

"啊！"

墨里墨特墨狂吼着，用尽全力将石斧朝易天爵挥过去，易天爵似乎听到手中小斧头不停碎裂的声音。

第十五幕 结束

ACT
16

与塔兰
幽浮魅影

第十六幕

 # 勇敢的心

　　这时，天空中传来一阵悠远的鸣叫声。

　　戚梦紫和夜行者抬起头，发现寂静山谷的圣鹰竟从一团厚厚的乌云中飞腾而出，在易天爵和墨里墨特墨的头顶上空盘旋。

　　"圣鹰在召唤祖灵。"夜行者仰起头喃喃地说，"小猴子的不屈意志，撼动了圣鹰。"

　　猫脸人激动地跪在地上，虔诚向圣鹰祷告，为易天爵祈福。

　　墨里墨特墨似乎也感到了易天爵的变化，烦躁不安地呵气。

　　"怎么回事？"墨特米西开始焦躁起来，"没有了大酋长之力的家伙，为什么还能召唤圣鹰？"

　　墨特米西在身旁拉开一个光影屏幕，在一团浓烈的黑色烟

尘中，碎石族长正背对着他站在那里。

"碎石磨，酋长之树烧光了吗?"墨特米西焦急地问。

碎石族长缓缓转过身，似笑非笑地看着墨特米西，胡子上的碎石粒在风中轻轻地撞击："如您所愿，天神大人。只不过，我们能烧光它的枯叶，却无法摧毁它的新生。"

黑色的烟尘随风飘散，墨特米西讶异地发现，闪着蓝色莹光的水流源源不断地顺着大酋长之树被烧毁的树干逆流向上，焦黑的枝叶正焕发新生。

"碎石部落，不愿再忍辱偷生!"碎石族长的眼中闪过一道幽光，朝着易天爵的方向躬身行礼，"愿与所有塔兰氏族共存亡!"

"碎石汤! 碎石汤!"墨特米西大喊着，可是却无人回应，他只能低声咒骂，"可恶的原始垃圾!"

荒原战场上，易天爵集中所有的注意力，尝试着将墨里墨特墨的黑色石斧推挡回去。

他发出愤怒的低吼，忽然间，他感觉到一股力量轻轻地加持在他的肩膀上，接着第二股、第三股、第四股……易天爵吃力地扭过头去，发现寂静山谷的动物此时竟聚集在他身后，只不过它们处于白雾状的幻影形态。

"我们听到了你的呼唤，原石猴大酋长。"

"大酋长之树与酋长的意志同生死。"

"祖灵之力，将与你并肩作战。"

说完，影子幻化成一缕缕白雾缠绕在易天爵的身体上、双臂上、双脚上、头上还有石斧上。易天爵感觉自己仿佛浸泡在

温泉里，浑身暖洋洋的，耳畔还回响着圣鹰清亮的鸣叫声。

他手中的小石斧开始飞快地生长，粗糙的木头斧柄长出了粗粗的藤蔓，粗粝的小石斧正在变大，并发出淡淡的蓝色莹光。

不仅如此，他的身躯在急速成长，肌肉变得越来越强壮，手指关节变得粗大，指尖上长出长而锐利的白色指甲。乌黑的头发在他身体和脸上蔓延，背后竟长出了长长的尾巴。

到最后，易天爵在变成蓝色晶体的石斧上，看见了自己的倒影。他已经完全兽化成了一只巨大的山魈，张开的大嘴里露出一口雪白尖利的獠牙。

"呵！"墨里墨特墨慌张地喷出一口气，机械瞳孔中紫色的光亮在微微颤动。

易天爵推开墨里墨特墨的黑色石斧"破石"，举起手中的蓝色石斧"石吼"劈砍过去，两把酋长之斧再一次在半空中迸射出电光石火。

"吾乃塔兰大酋长——原石猴！"

山魈发出一声震耳欲聋的怒吼，他的声音和寂静山谷的动物合而为一，让整个塔兰大陆都为之震颤。

"吾乃塔兰大陆的守护者，人在塔在，有我无敌！"易天爵再次挥斧，墨里墨特墨奋力抵挡，却完全招架不住了。

"告诉我你的名字！迷失的族人！"易天爵用石斧将墨里墨特墨镇压住，使得他单膝跪在自己的面前。

墨里墨特墨疯狂地怒吼、拼命挣扎着，然而他竟毫无还手之力。

从两把石斧交叉的缝隙间，他仰视着易天爵坚毅而又充满

了力量的双眼，终于渐渐地安静了下来。

没过多久，墨里墨特墨的机械瞳孔中，竟然涌出了一滴眼泪，顺着他毫无温度的脸颊，滑落了下来。

"我是……塔兰大酋长……蛮石斧。"

墨特米西焦急地扭动着手中的控制手柄，似乎想要修复墨里墨特墨的程序。

易天爵咧起嘴哼笑了一声，声音低沉而又充满了敬意地说："勇士，我赐予你安息。"

他高高地举起了酋长之斧"石吼"，用力朝墨里墨特墨劈了下去。

"石吼"锋利的斧刃劈开了墨里墨特墨的钢甲，裂开的钢铁皮肤之下，闪起一串串苍白的电光，发出机械炸裂的声音。

墨里墨特墨注视着渐渐变回本来样貌的易天爵，机械瞳孔中的紫色光亮再次闪烁了两下，然后熄灭了。他的眼球不停地转动起来，最终露出了一双大地般深棕色的瞳孔，目光中充满了悲伤和感激。

"呵……"他最后呵出一口气，仿佛了却了多年的心愿，身体向后，缓缓倒在了红草地上，在微风中闭上了眼睛。

"我的生化改造人，我的墨里墨特墨！"

幽浮下响起墨特米西的惨叫声，蛮石祭司手足无措、外星学生们"哔哔"错愕地大叫着。

砰！

伴随一声爆炸的巨响声，罗西和柳嘉坐着吸足热气的泡泡蛟，从幽浮的一旁晃悠悠地飘浮了出来。

"我们赢了，墨特米西。"罗西似笑非笑地翘起一边嘴角。

柳嘉则张着大嘴看着易天爵和墨里墨特墨的方向，仍没有从刚才他所看到的那一场战斗中回过神来。

"赢？"墨特米西惊慌地看着柳嘉和罗西，心存侥幸地笑着摇了摇头，"不不不，我还收藏了大量的生物体制作营养罐头，随时可以把墨里墨特墨修好！"

"你说的是那些吗？"罗西随手指了指身后。三个圆球飞行器变成了"热气球"，上面缠满了粗绳，吊挂着存放猫脸人和塔兰动物的玻璃罐，受害人也全都迷惑地坐在藤网里，好奇地看着周围的一切。

"我的爆破仪！你是怎么做到的？"墨特米西难以置信地嗫嚅着。

"每个科学家都有自己的秘密，只不过你的秘密都被我揭穿了。"罗西坏笑着，拍了拍泡泡蛟的脖子，"走吧，和蠢蛋说话，会降低智商。"

"小偷！流氓！强盗！"墨特米西眼看着三艘飞船带着他的所有研究成果朝原石村的方向飞走，愤怒得语无伦次了。

"墨特米西大人，我们还是先回墨里墨特星吧。"蛮石祭司焦急不安地说，"刚才我收到大马哈幽浮租借公司的投诉信息，说我们租借幽浮超时，而且学生的家长们也……"

"够了够了！"墨特米西不耐烦地大叫，"走吧，先回去。不过这笔账，我一定会跟这群小混蛋算清楚！"

说完，墨特米西气急败坏地带着外星学生们，匆匆回到了幽浮里。

　　在一阵呼啸的狂风中，幽浮缓缓上升，拉长的身体压缩成了一个扁扁的汉堡，朝天空中灰溜溜地飞去。当幽浮经过墨里墨特墨的上空时，一道绿色的光束从幽浮底部投射下来，将他吸进了幽浮里。

　　"别忘了我，小鬼们。"墨特米西盛怒的声音在天空中回响，"下一次再见面，你们可就没有这么走运了！"

　　"呜哩哩哩哩！"

　　"哇啦啦啦啦！"

　　幸存的猫脸人激动地举起了双手，朝幽浮逃走的方向欢呼跳跃。

　　夜行者将帆船停在红草荒原上，戚梦萦跳了下来，和柳嘉、罗西一起飞奔到了易天爵的身边。易天爵此时已经恢复了原样，筋疲力尽地单膝跪倒在了红草地上，大口喘着粗气。

　　"干得不错，大酋长。"罗西笑着说，调侃地扬起一边眉毛，瞟了一眼柳嘉，"有个蠢蛋想让你给他签个名。"

　　"呜，总比你想和墨里墨特墨合影好。"柳嘉噘着嘴不服气地说。

　　"哼。"易天爵将石斧插在身后，心有余悸地看着罗西和柳嘉，三个男生突然相视大笑起来。

　　戚梦萦迷茫地看看他们，又看看夜行者。

　　"小火球。"夜行者笑着说，"直男的精神世界，女孩子不需要懂。"

　　"对了。"戚梦萦突然想起来，"梦魇噬魂珠有下落吗？"

柳嘉遗憾地摇摇头。"我和罗西找了所有地方，都没有发现……没有净化梦魇噬魂珠，他们该不会再回来吧？"

"怕什么。"易天爵摸了摸插在身后的石斧，自信满满地说，"来一次，打一次。"

"回不来了，至少很长一段时间。"罗西从口袋里掏出一个乒乓球大小的黑色金属小球，在手心里抛接玩耍。

"罗西，这是什么？"柳嘉好奇地盯着金属小球，眼睛闪闪发亮。

"不知道，觉得好玩，从幽浮上摘的。"罗西话音刚落，天空中突然响起炸裂的声音。

所有人抬头看去，发现已经飞向远方的幽浮，突然冒出了滚滚浓烟。在幽浮外围旋转的菱形金属片，竟然一片片脱落下来，掉在了远处的荒原上！

"墨特米西好像说过，他的幽浮是租借的，而且没有买保险。"戚梦萦同情地喃喃自语。

"那他这一次，想活着回去，还真是不容易。"夜行者似乎在黑斗篷里拼命擦着汗，心有戚戚焉，"不过……"

等幽浮从天空中消失，柳嘉转过头看向身后。

夕阳渐渐没入红草荒原，乌云散去后的天空被染成了壮阔的紫红色。而在夕阳之下，红草荒原已经伤痕累累了，枯黑的草梗在风中翻飞着。

圣鹰和易天爵打招呼般长鸣两声后，朝大酋长之树的方向飞去。

猫脸人互相搀扶着往原石村的方向走去，伤势不重的猫脸人和动物，则忙着把罐子里的同伴解救出来，或是趴在死去的朋友和亲人的身边悲伤地痛哭哀鸣。

微风吹拂过成片的红草，发出轻轻的悲泣。

狩梦人低头默哀，胜利后的喜悦荡然无存，心情沉重得难受。

"战争，永远都没有真正的赢家。"夜行者低声喃喃自语。

"等等，看那边！"

戚梦萦忽然指向夕阳深处，一群银色的光点仿佛从天空中掉落下来的星星，朝他们的方向飘动过来。

银色光点越来越近，柳嘉赫然发现竟然是在遗忘川上游荡的水母！

我回来了！

是闫蔡！

它们每只都有五米多长，半透明的身体闪耀着银白色的光，长长的触须仿佛一根根飘逸的银线，在风中优雅飞扬。

"那是月葵，塔兰大陆的'母灵'。"戚梦萦抬起头，惊奇地看着几百只月葵成群结队地从头顶上飞过，"我听说，塔兰人认为是月葵和遗忘川孕育了塔兰大陆，它们从来与世无争。直到有一天……"

月葵在夕阳紫红色的光线中，轻轻飘落在受伤或是死去的猫脸人以及动物身上，银色的触手将他们包裹起来，好似母亲温柔的拥抱一般。

没过多久，那些猫脸人和动物竟然接二连三地睁开了眼睛！

重新苏醒过来的猫脸人迷茫地看着四周，重获生命的动物欢快地朝丛林里跑去，大鸟鸣啼着扇动翅膀飞向了天空，拥抱着他们的月葵也随之朝暮光绚烂的天空翩然离去。

"弥姆！"

一个声音让柳嘉惊讶地转过头，他发现受伤的弥姆羊竟然也已经被治愈，正激动地从原石村的方向，朝他们奔跑了过来，然而更让他惊奇的是，在弥姆羊身后竟然还站着一个熟悉的身影。

"原石猴大人，还有原石菜！"

原石狸站在红草里，激动地看着易天爵和柳嘉，牙石蜜、牙石锤和牙石熊就站在他的身后，他们的眼中都闪烁着泪光。

易天爵微微睁大了眼睛，很快他的嘴角便高高地翘起，自豪而又骄傲地叉起了腰。

"哼，你还真能睡，原石狸。"柳嘉开心地喜极而泣，和同伴们一起朝他们的塔兰朋友飞奔而去。

　　微凉的和风轻轻拂过，美丽的红草仿佛也在为这一刻庆贺，悠悠地摇晃着。月葵仍在陆续赶来，治愈了猫脸人和动物之后，便又优雅地离去。

　　橙红色的夕阳照在淡紫色的半透明地平线上，默默微笑地看着这一切，最终安然地落了下去。

第十六幕 结束

ACT
17

第十七幕

再见了，塔兰

月落日升，柳嘉一晃成了世界上最自由的男孩，开始了在塔兰大陆的两天假期。

而此时，氏族中所有的猫脸人重新聚集在石头峰上，热火朝天地搭建"新石头城"。

柳嘉和罗西作为塔兰大陆的守护英雄，被免除了所有的工作，每天带着弥姆羊和泡泡蛟在塔兰大陆的丛林、山峰、草地、遗忘川……四处玩耍。

不管走到哪里，他们都受到猫脸人的尊敬和爱戴，就连丛林里的动物们也都对他们敬仰有加，带着他们去摘取好吃的野果，或是充当他们的坐骑，供他们玩乐。

当柳嘉坐在剑齿虎的背上时，他简直以为自己是天下无敌的王者了，举起手臂激动地对着天空大呼小叫。结果剑齿虎加速往前奔跑，他却被狼狈地甩在了地上，摔了满脸的黄泥，被周围的一群红面猴子叽叽喳喳地嘲笑。

到了傍晚，他们坐在石头峰最高的一块岩石上一起眺望天边的日落。

清爽的微风拂面，泡泡蛟和弥姆羊趴在他们的身边呼呼大睡，飞鸟们在红色的云霞中飞舞，塔兰大陆美丽得就像一幅壮阔油画。

"罗西，有时候我觉得，永远待在这里或许也不错。"柳嘉啃了一口野果，嘟囔着说，"不用写作业，也不用和崔牛牛斗嘴。有这么多人喜欢我，还有好吃的野果。"

"哼。"罗西翘起一边嘴角冷哼了一声，"不管在哪里，付出才会有得到。而且有所得，必有所失。"

"你怎么突然说话像戚梦萦。"柳嘉不以为然地撇着嘴耸耸肩膀，"不过你说得对，就像易天爵，虽然成了这里的大酋长，可是这两天他都在指挥大家建新石头城，戚梦萦和几个族长没日没夜地开会。夜行者给受害人吃遗忘糖果，忙着安顿他们，只有我们俩无所事事。"

"无所事事？"罗西高傲地扬起一边眉毛，"玩，就是我罗西最重要的事情。"

有时候还真羡慕罗西，竟敢如此大言不惭，柳嘉噘起嘴暗想着。

没过多久，他和罗西站起身一起往岩石下走去。

离开时，柳嘉最后回头看了一眼远处夕阳下的塔兰大陆。绚烂晚霞中盘旋的飞鸟，仿佛在向他道别一般，清脆地鸣叫着。

他的脑海里，突然回响起父亲低沉而又温暖的话语。

"儿子，人的一生中会有无数次的相逢与离别。而离别，是为了下一次更好的重逢。"柳嘉豁然开朗地微微一笑，转过身，用力地朝身后挥了挥手，飞快朝罗西追赶了过去。

夜幕降临，一轮硕大的银月升上了石头峰顶，银色星辰璀璨闪耀，映照着已经完全变成另外一副模样的石头峰。

曾经被关在圆拱形岩石中的动物都已经被放回了森林、湖泊和大海，闪着蓝色莹光的遗忘川两侧点燃了一堆堆鲜红的篝火，各种大小不一的"房屋"密集却有序地林立着。

有的"房屋"屋顶用宽大的树叶和草梗铺盖，有的用泥土堆砌，上面还装饰着漂亮的花草，还有的用石头层层垒造，或用木头搭建……

不过最豪华的，当属石头峰正中央的那一顶大帐篷。

那里曾经是幽浮停放的地方，现在粗大的石柱被当成了帐篷的立柱，上面铺盖了华丽的兽皮，用雪白的兽牙和漂亮的花草装饰着。

帐篷内，柳嘉和罗西、戚梦萦、夜行者，以及所有族长，分别坐在酋长宝座的左右两侧。他们全都穿戴上了华丽的羽毛头冠，脖子上围着兽牙项链，腰间还系着兽皮围裙。

夜行者勉为其难地将兽皮围裙披在了肩膀上。

其他的猫脸人也都开心地坐在大帐篷前一个两米多高的篝火堆旁，跃动的火光映照着他们激动的笑脸，大家一齐附和鼓点节奏"嗷嗷"喊叫着。

碎石族长志得意满地坐在原石、牙石和顽石族长中间，对其他族长的窃窃私语完全无动于衷。

柳嘉不自在地拉扯着脖子上的项链和身上的兽皮围裙，没过多久，易天爵便穿戴着大酋长的服饰，雄赳赳气昂昂地从大帐篷里走了出来。

原石狸也换上了华服跟在他的身后，手中激动地捧着一块陶土板。

易天爵的羽毛头冠颜色最为鲜艳，兽牙项链挂在胸前。当他站到篝火堆前，所有猫脸人全都安静了下来，四肢着地，虔诚跪拜。

柳嘉发现易天爵有些紧张地吞咽了一口唾沫。

现场陷入一片沉寂，只有篝火欢快地噼啪作响，人们都在等待着大酋长的致辞。易天爵摁了一下乾坤手环，半空中出现了一张光影发言稿。

"那是？"柳嘉惊讶地睁大眼睛。

"我帮他写的发言稿。"戚梦萦悄声说，"重要的时刻，有所准备比较好。"

"只可惜，这一招对小猴子不见得有效。"夜行者窃笑着说。

罗西意味深长地翘起一边嘴角。

"啊……那个……咳咳！"易天爵尴尬地咳嗽了两声，猫脸人期待地伸长了脖子，"战斗的胜利，是大家团结一致的结果……啊……那个什么……以和为贵，赤（赦）免碎石氏族……唔……任命原石狸为大贝（贤）者……"

"戚梦萦，为什么易天爵说的话我听不懂？"柳嘉困惑地睁大眼睛，却发现戚梦萦正扶着额头无奈地摇头。

"他把字都念错了，"戚梦萦长叹了一口气，"他的确很适合当原始人的大酋长。"

"啊哼！总之……"易天爵不停抹着额头上淋漓的大汗，柳嘉感觉他和墨里墨特墨大战时，好像都没有现在这么累，"新石

头城的建设，并非一朝一夕啊……那么……唔！够了，真麻烦！"

易天爵突然恼火地关闭了乾坤手环，所有人全都惊异地睁大了眼睛。

他长舒一口气，终于恢复了自己本来的模样，傲慢地皱着眉头，双手叉腰，但表情却严肃极了。

"麻烦的废话不说了，我只想说，墨特米西虽然被赶走了，但是危机还没有结束。因为，未来每一天，都可能会遇到，比他更加强大的敌人。弱小的家伙，只能被欺负。你们不能总是依靠别人。寂静山谷的老家伙们说的，想要力量，就必须承担责任。"

易天爵转过身，将大酋长之斧"石吼"高高地悬挂在了帐篷之上，转过身环视了一圈猫脸人。

"我回去，会努力地锻炼自己。等我再回来，一定能够成为，实至名归的大酋长。在此之前——石头部落，百年不战！"

"呜哩哩哩哩——哇啦啦啦啦——"

"石砾石砾——石砾石砾——"

猫脸人激动地高声欢呼起来，柳嘉兴奋得站起身拼命地鼓掌，戚梦萦坐在一旁静静微笑着，罗西不服气地挑了挑眉，夜行者赞许地哼了一声。

原石狸激动地走上前，高高举起拿着陶土板的双手在不停地颤抖。

"这是原石猴大酋长，送给石头部落的礼物。"

原石狸用力深吸了一口气，严肃并掷地有声地念出了陶土板上那几个歪歪扭扭的数字。

"1——2——3——4——"

猫脸人全都紧张地屏住呼吸，伸长了脖子。原石狸闭上眼睛，调整了一下自己的气息，高声念出了最后两个字。

"5——6——"

"原石部落……竟然能数到'6'了……"

原石族长激动地捂着脸痛哭起来。其他的猫脸人欣喜若狂，起身欢呼着举起手中的石头，围着篝火又唱又跳。

"6——6——"

"呜哩哩哩——6——"

"石砾石砾——6——"

柳嘉也按捺不住自己雀跃的心情，硬拉着一脸不快的罗西和尴尬的戚梦萦，跟着猫脸人一起围着篝火一边大喊，一边跳起舞来。猫脸人纷纷把花环戴在他们的头上。

篝火在石头峰顶欢快跳跃着，迸射出来的赤红火星，随着清爽的风和猫脸人的高歌笑语，往夜空中飘扬而去。

在塔兰大陆月亮升起的方向，远远传来一声苍老而悠长的海龟鸣叫声，它开始了自己新的旅程。

塔兰大陆，也开启了新的时代。

——— 第十七幕 结束 ———

尾声

　　周日，太阳照常升起。

　　在戚梦萦的感召下，四个狩梦人围坐在一张足有乒乓球台大小的橡木书桌旁奋笔疾书。窗外，冬日暖阳和煦。

　　"可恶，我是塔兰大陆的大酋长，为什么还要写作业？"

　　易天爵愤怒地抓着头皮，空荡荡的作文本上，躺着好几根因恼怒而被他揪下的头发。

　　"要想当好酋长，更需要好好学习。"戚梦萦把易天爵的数学作业本打开，轻轻点了几道题目，"这几道都做错了，请改正过来。"

　　"喂，大话精。"易天爵恼火地把作业本推到柳嘉面前，"帮忙看看！"

柳嘉正对着厚厚的《课外习题》两眼放空，了无生趣地学金鱼吐泡泡。

"我不想看，我只想好好生活。"

这时，柳嘉嘴唇间的泡泡爆炸了，他感到绝望极了。

看到柳嘉已经被题海摧残傻了，易天爵满脸惊恐地张大嘴，而后郁闷地东张西望。

他看见趴在桌子上睡着的罗西，不由得眼睛一亮，坏笑着伸手将罗西的作业本钩了过来。

"死鱼眼，竟然全都写完了。"易天爵快速翻看几下，不甘心地说。

接着，他的眼睛瞪得圆圆的，拿起自己的涂改液，用力涂抹着作业本上罗西的名字，然后大笔一挥，写上了"易天爵"。

还没来得及高兴，易天爵便惊讶地看到，作业本上自己的名字慢慢消失了。

"罗西"二字又重新出现在了作业本署名栏中。

"蠢蛋。"罗西用手托着睡眼蒙眬的脸，懒洋洋地说，"我的作业本被纳米材料'荷叶素'浸泡过，除了我的笔迹，一切修改无效。当然，你的智商也是改不掉的。"

他打了个大大的哈欠，趴在书桌上继续睡了过去。

柳嘉像个无知的海贼，两眼放光地觊觎着罗西的文具盒，耳旁却突然响起戚梦萦冰冷严肃的声音。

"戏猴者、八爪者，按照现在的速度，你们的作业是无法完成的，会影响到狩梦人的训练计划。"

"那可不行！"易天爵烦躁地叉着腰，从凳子上站了起来，认

真地说，"喂，麻烦精，告诉院长，万一塔兰大陆有难，我是大酋长，回不去可就糟了！"

"说的也是！我也要努力，毕竟我可是雾莲街的英雄！"柳嘉赶紧跟着站了起来。

"你们说得都对。"戚梦紫的脸上酝酿着严霜，院长接待室里回响起她暴风雪般冰冷刺骨的声音，"即然如此，为什么还不动笔呢？"

"不吃饱怎么写作业，午饭有牛肉汉堡吗？"

"下午一起看看流浪猫威尔士吧！"

叽叽喳喳……叽叽喳喳……

柳嘉和易天爵的吵闹声惊飞了窗台上的一只小鸟，它扇动着小小的翅膀，鸣叫着朝淡金色的暖阳飞去。

新的一周又开始了。

在孤高的麦金利雪山上，冰雪游乐场里此时一片愁云惨雾。

"我的穴居鬼冰雕，我的冰雪点唱机！"

奈斯像一只愤怒的公鸡，拉长脖子厉声尖叫。他痛心疾首地走来走去，间或跳起来捶胸顿足，颤抖地抚摸着满地碎裂的冰雕。

黑凰先生冷冷地摁掉了视频画面，将小丑的咒骂声拒于千里之外。

他依然端坐在装饰华丽的起居室里，无毛猫趴在他的脚边，正慢悠悠地清理着自己的身体。壁炉中，火焰妖娆跳动着。

"哼，愚蠢的废物，永远的小丑！"黑凰先生放下咖啡杯，就

近从茶几上拿起厚厚的记事簿，封面上的黑鸦仿佛与他打招呼般，叫唤着扇动了两下翅膀。

"看来，戚梦来已经对我的存在，有所提防。"

黑凰先生沉吟了片刻，站起身朝起居室的一扇侧门走去，无毛猫警惕地望着他，却不敢跟上前。

黑凰先生轻轻拧动侧门上的红木把手，大门立时洞开。出现在他面前的，是一个奢华而又古朴的图书馆。

馆内分上下两层，全部用华贵的红木构造。中间高起的走道看上去像是一条没有尽头的路。两边门柱之间耸立着高高的书架，上面摆满了各种颜色的古老书籍。

锁上门后，黑凰先生极其熟练地走到其中一个书架前。

这面书架墙一直连接到天花板，高得让人目眩，上面摆满了和他手中相似的记事簿，厚厚的背脊上全都印着烫金的华丽大字

《黑凰残魇·故事·童话集》。

黑凰先生扫视了一眼，从书架中随手抽出了一个紫色封皮的本子，封面四周缠着像触手一般滑溜溜却带着利刺的藤蔓。

翻开书页，一只紫色的红眼蜘蛛正趴在灰白色的蛛网上，将一只蓝皮老鼠死死裹进网子里，周围布满了密集的蛛卵。

"这会不会早了一些？"

黑凰先生翻动记事簿，一缕紫色烟雾像被扯碎的布条般从页面里飘浮升空，拉扯着演化成一条瘦骨嶙峋、凶恶无比的黑色怪犬，狂吠着朝图书馆走道的尽头奔跑而去。

等到恶犬消失，黑凰先生黑曜石般深邃的眼睛闪烁出兴奋的光。

"也许，那四个小捣蛋鬼，值得我这样做。"黑凰先生喃喃说着，随手将之前携带的黑色乌鸦记事本放到了书橱中。

然后他转过身，朝图书馆中央的一张大方桌走去。

空旷而神秘的图书馆里，回荡着他清亮而又激动的声音。

"妙极了，就让我，开始书写新的故事吧。当心了，孩子们。噩梦将至，如影随形。"

尾声

梦域空间
与塔兰幽浮魅影
落幕

━━ 敬请期待第5册 ━━

梦域空间与塔兰幽浮魅影
● 易天爵的超凡大冒险！
塔兰大陆设定集
来看看异世界的奇珍异兽吧！

塔兰大陆概述篇

塔兰，一颗高空中的碧蓝宝石，传说由月葵与遗忘川孕育而生，用悠长岁月演化了无数生灵。

地点 01. 蛮石部落

地点 03. 原石部落

地点 04. 滚石部落

地点 02. 牙石部落

❝塔兰的原始丛林中布满了奇异植物。❞

塔兰的守护英雄！

66 塔兰曾有 15 个部落，
在被墨特米西摧残了数年后，
11 个部落在狩梦人的拯救下
幸存。99

地点 05. 巨石部落

地点 06. 黑石部落

地点 07. 顽石部落

66 巨型海龟平时只有
背部的甲壳露在水面
上，看上去就像一座
会漂荡的岛屿。99

塔兰大陆设定集

来看看异世界的奇珍异兽吧！

塔兰大陆人物篇②

由于不同的生活习惯，不同氏族身上的动物特征会被强化，浓密的鬃毛和长长的獠牙让充满野性的原始人看上去更自信。

族长手杖是树叶卷成的扩音器。

滚石部落

原始人中的战斗氏族。

滚石喙　滚石喊　滚石叫　为音乐而生的部落

巨石部落

巨石强森

顽石部落

继承神秘宝藏的部落

顽石族长的手杖是一把钥匙，可以开启宝藏。

其他部落

投射训练场　　　　　　　　　　　　　　　　　　　　　**原始人村庄**

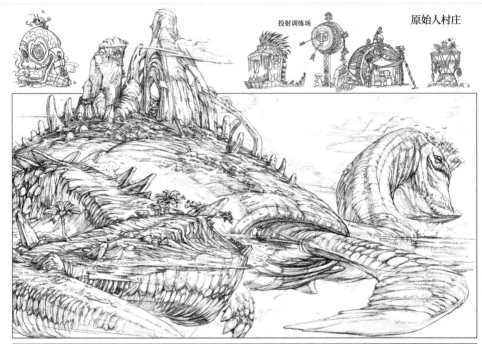

**塔兰大陆
原生动物**

插画师的脑洞，比你看到的塔兰大陆
还要神奇，悄悄告诉你，每个插画师
设计的角色都反映了他们心灵深处的
灵魂暗语。

蛮荒时代生存大作战

在诡谲多变的梦域世界里，即使是最厉害的狩梦人也难以预料灾难何时发生，必须掌握一些特定的求生技能，才能在恶劣的环境中生存下来！在此，狩梦人小队将联手塔兰大陆的勇士，带你体验原汁原味的荒野求生之道——

●**教程内容**：学习生于蛮荒时代的人类流传下来的5种求生必杀技。在你懂得如何就地取材解决各种生存需求后，就有资格进入原始森林，接受实战考验。

●**实战目标**：学会克服对险恶环境的恐惧，在荒野地带独自生存。

特别提示

1. 不要小看来自原始人类的谜题，这些小知识也许会让你成为突发灾难中的幸存者，记住它们，即可获得对应积分。

2. 完成所有的栏目谜题后，请翻至本书的第248页，寻找神秘的谜题传送门，参与趣味测试。

必杀技1:**古法净水器**

牙石蜜认为一旦缺水就活不过5天的人类必需掌握安全饮水的技能!这里有一些随处可见的材料能制成古老的净水装置,你能按照她的指示摆出正确的过滤顺序吗?

◎难度系数:★★★

棉布一定要在小·石子之上,小·石子可以和木炭相接,但要和沙砾隔开,木炭不能垫在最后。

提示:

在野外收集的水可不能直接饮用,必须先由表及里过滤掉水中的有害杂质。

答案:

由上至下的顺序是棉布、沙砾、木炭、小石子。将净化设置完成后让水流进行10分钟以上的循环处理,就能得到较干净的水啦!

来自巨石部落的技能：

熟悉自然

迷路
也能找对方向

◎难度系数：★★★★

必杀技2:原始定位法

巨石族长即使没有指南针，也能靠周边的自然环境判断出自己前进的方向。那么在这片茂密的树林里，你能找到往南的方向吗？

🔍提示：——————————→

在同一方向上，植物会因为日照的规律
而出现一些特征。

答案：————————→

树桩上较稀疏的一面是南方；树纹密集较少的方向也是南方，对侧密集且长得清晰，是多的朝向也是南方，以树桩岩壁向光较暗于北半球。

必杀技3:**万能的绳结**

众所周知,数绳结是大贤者原石狸的绝技,除此之外,这串绳结还能做攀崖采果、爬树狩猎的简易绳梯。那你知道只要拉紧一次绳子,就能打出一串绳结的方法吗?

←提示:

藤蔓做成的绳子是原始人的必要装备,学会打各种各样的绳结能够让绳子更实用。

←答案:

最后拉紧绳的两端,神奇的绳结就出来了。

来自牙石部落的技能：

追踪猎物
需耐心
与细心并存！

◎难度系数：★ ★ ★

必杀技4:成为捕猎达人

打猎是野外生存的必备技术，仔细观察动物的踪迹能大大提升你的捕猎效率。以下是塔兰大陆独有的象鼻狐栖身过的洞穴，你会对哪个洞穴进行搜捕呢？

①
②
③
④
⑤

◎提示：

狡猾的象鼻狐总是搬家，看一看哪个洞口的狐狸脚印比较特殊吧。

2 号洞穴，唯有这个洞口有着各种类型的脚印，证明由来来的脚印，也就意味着有一只象鼻狐，可以进行捕猎。

◎答案：

必杀技5:**用手指测定时间**

滚石族长总能准确测算日落时间。他的诀窍是用并拢的 4 个手指对准太阳底部,比出太阳与地平线之间的手掌数量。如果每伸出一次手掌就是一小时的话,你能算出还有多久日落吗?

◎难度系数:★★★★★

我每次都是用这种手势来判断的……

S 梦域空间

提示:

族长伸出手掌后,似乎与地平线还有 2 根手指的距离。

还有 1 小时 20 分钟。观察族长的手势,可以发现太阳接近于落山时,所以 3 根伸直手掌测出来了 60 分钟,每根手指代表了 20 分钟。

← 答案:

野外生存实训:

学了这么多部落秘技,终于到了亲自上阵的时刻!你能否在这片密林中完成实战任务,并安全走出森林呢?

求生大作战
精彩不容错过!

**原始森林
未知秘境的探险**

问题1

石碑上有留给你的任务信息,根据前三行字符的译文,你能看懂最后一行字符是什么意思吗?

❶ 飞禽走兽栖息于此
❷ 日落前走兽不会醒来
❸ 不会醒来打猎栖息于此的飞禽

◎难度系数:★★★

问题2

森林里真的暗藏着一些飞禽走兽,你能找到它们吗? 一共有8只哟!

◎难度系数:★★★★

问题3

确认存活！接下来只要安全离开，就能通过考验！这里有条岔路，前辈留下的记号已经告诉了你离开的方向，你知道该往哪儿走吗？

◎难度系数：★★★

绝密笔记大公开!

◎一些可以令你在丛林中安然渡过危险的方法

这是一份封存的绝密笔记,里面不仅有你想知道的谜题答案,还记录了许多你未曾知晓的奇趣异闻。继续往下读,看看狩梦人都收录了哪些冒险见闻吧!

❶"古法净水器"的正确使用方式

在野外,无论是混浊的泥水还是看似干净的雨水,都有可能混入对人体有害的化学物质或重金属,这是单凭将水煮沸无法完全去除的,必须使用牙石蜜所说的过滤装置。

附:
牙石蜜所用的棉布是易天爵留下的裤子。

- 现代可使用去底塑料瓶
- 大团干净的棉布
- 混合沙子和碎石的沙砾
- 一些木炭
- 颗粒较大的小石子

❷原石狸的"万能绳结"

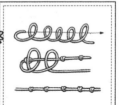

试着先将绳子绕成几个圈,然后再将绳子的一端从中间穿回去,就能在一瞬间打出多个绳结。不要小看这门手艺,如果你能一口气打出 6 个绳结,在塔兰大陆就是尊者的象征!

❸"原始森林"探险揭秘

通过字符之间的两两对照,可发现 ⋀⋀ 是飞禽的意思,⌂ 是日落的意思,Ψ 是打猎的意思,所以最后一行字符的译文是"日落前打猎飞禽",即狩梦人小队的任务。这是常见的暗号传递方式,试着用这个方法设计一套属于你的暗语,让伙伴们来猜一下吧!

翔兽

特征： 滑翔 翼膜
饲养方式： 最早会飞行的哺乳动物，浑身都是谜的小可爱，可以尝试投喂水果。

蝴蝶鹰

特征： 蝶翼 呆萌
饲养方式： 身体像圆滚滚的猫头鹰，翅膀却像蝴蝶一样轻薄，喜欢在夜间捕食落单的麦粒鼠。

❹寻找隐藏的野兽

明躲暗藏的飞禽走兽都被圈出来了，看看你找到了几只呢？ 小心不要被它们盯上咯。

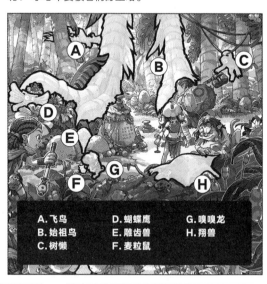

A. 飞鸟　　D. 蝴蝶鹰　　G. 嗅嗅龙
B. 始祖鸟　E. 雕齿兽　　H. 翔兽
C. 树懒　　F. 麦粒鼠

雕齿兽

特征： 鳞甲 变形
饲养方式： 背上和头上长着骨片和硬皮，喜欢吃水边的植物，偶尔会躲在石头堆里小憩。

嗅嗅龙

特征： 臭臭 杂食
饲养方式： 通过气味寻找猎物的小型恐龙，要常常投喂大块生肉，否则它会释放臭气表示抗议。

❺离开的方向

答案是走左边的路哟！

这是野外常用的标记，如果和伙伴们在森林里走散了，可以就地取材留下标记，提醒其他人前方的状况。

《梦域空间》创作者名单

◎索飞澜工作室◎

制 作 人 .... 雷 铸

绘 制

彩色绘制 .... 林 勃

原画绘制 .... { 楼奕东
                                                              叶俊人 }

包装设计

美术设计 .... 雷 鸿

印 务 .... 刘厚松

图片制作 .... { 李文耀
                                                              陆琲卿
                                                              谭天晓 }

策划统筹 .... 谢 燕

文案助理 .... { 王诗慧
                                                              倪 玥 }

特别感谢 .... { 刘娇龙
                                                              李晓露
                                                              赵思颖
                                                              周莎莎 }

梦域空间与塔兰幽浮魅影

产品经理	刘树东	营销经理	林 芹
	陈佳敏		滑麒义
技术编辑	顾逸飞	执行印制	刘世乐
监 制	何娜	出品人	王 誉

图书在版编目（CIP）数据

梦域空间与塔兰幽浮魅影 / 琴月著；索飞澜绘. —
昆明：晨光出版社，2022.1
ISBN 978-7-5715-1366-5

Ⅰ．①梦… Ⅱ．①琴… ②索… Ⅲ．①幻想小说－中
国－当代 Ⅳ．①I247.5

中国版本图书馆CIP数据核字（2021）第246067号

梦域空间与塔兰幽浮魅影
琴月 著　 索飞澜 绘

出 版 人	杨旭恒
责任编辑	李彦池 李晴川
特约编辑	刘树东 陈佳敏
插　 画	索飞澜
装帧设计	蛙圖文化
责任校对	杨小彤
责任印制	廖颖坤

出版发行	云南出版集团　 晨光出版社
地　 址	昆明市环城西路609号新闻出版大楼
邮　 编	650034
电　 话	0871-64186745（发行部）
	0871-64178927（互联网营销部）
法律顾问	云南上首律师事务所　 杜晓秋
印　 装	北京世纪恒宇印刷有限公司
经　 销	果麦文化传媒股份有限公司
版　 次	2022年1月第1版
印　 次	2022年1月第1次印刷
书　 号	ISBN 978-7-5715-1366-5
开　 本	880mm×1230mm　 1/32
印　 张	8
字　 数	171千
定　 价	39.80元

如发现印装质量问题，影响阅读，请联系021-64386496调换。